K SIDE:GREEN

鈴木鈴
（GoRA）

Illustration
鈴木信吾
（GoHands）

講談社BOX

K SIDE : GREEN Contents

五條（ごじょう）スクナ

いわふねてんけい
磐舟天鶏
ひすいながれ
比水 流

Book Design　芥 陽子 (note)

序幕　王とケモノ

障子戸を開けると、冬の夜気が入り込んできた。

彼は夜空を見上げ、後ろ手を組む。漆黒の空には、針先ほどの光が無数に浮かんでいた。彼が普段から住み暮らしている場所では、都市の明かりに打ち消されて目にすることのできない星々を、ただ眺める。

その夜空の中心には、白銀の月が浮かんでいる。

彼は目を細め、その月をじっと見据えていた。

九十に届かんとする高齢にありながら、その肉体はいささかの衰えも見せない。２メートルを超える巨軀（きょく）は、塔のようにまっすぐ伸び、城のように重厚である。彼の年齢を示すものは、赤銅色の肌に刻まれた皺（しわ）と、月と色を同じくするその髪だけだ。

その老人は、名を國常路大覚（こくじょうじだいかく）という。

この国の、王である。

「御前」

いつの間にか、傍らにしゃがみ込んでいた従者が、國常路に呼びかけた。

「《無色（むしき）の王》がお着きになりました」

「通せ」

主からの短い命令に、従者は軽く一礼をし、姿を消した。

ややあって、背後の戸が開く音がした。

國常路は振り返る。座敷を通じて反対側、廊下へ通じる戸の向こうに、ひとりの男が立っていた。くたびれた帽子と和装。まだ四十にもならないというのに、その表情は老成し、仙人めいた雰囲気を漂わせている。

その男は、名を三輪一言（みわいちげん）という。

彼もまた、王であった。

「新年、あけましておめでとうございます」

一言は帽子を取り、穏やかな笑みを湛（たた）えたまま年賀の礼を述べた。

國常路大覚は、正月の三が日を、國常路家別邸で過ごす。元日と二日に年賀の挨拶に訪れるものたちは百をくだらないが、三日目の今日に訪れることが許されているのは、三輪一言だけであった。

國常路は、じっとその顔色を見つめ、口を開く。

「病はもう良いのか」

「良い、とは申せませんが、悪くもなっていないようです。何分、不治の病ですから」

一言は笑いながら、なんでもないことのように言った。

國常路は笑わなかった。彼は普段、ほとんど笑うということをしない。ただ踵（きびす）を返し、座敷へと戻った。背後で障子戸が音もなく閉まり、寒気を閉め出した。

「茶の用意がしてある。ゆるりと過ごせ」

「過分なもてなし、感謝いたします」

「王が王を遇するのに、過ぎるということがあるか」

「確かに」

一言はくすくすと笑う。老成しているくせに、ときにひどく子供っぽい面を見せることがある。彼のそういうところが、國常路は嫌いではなかった。

國常路と一言は、向かい合って着座した。

茶を点てる。

國常路も一言も、古今東西、あらゆる場の作法に精通している。他の場においては、完璧な手前、完璧な主客を演じていたことだろう。

だが、二人きりの場において、彼らがそうすることはない。どちらが主であっても、客であっても、ただうまい茶を点てて、それを心ゆくまで味わうことを旨とする。作法を軽んじているわけではないが、なんとなくそうなってしまうのだ。

それは、一言が國常路と同じ王であり、そして友であるからだろう。

彼らは『王』と呼ばれる存在だ。比喩ではなく事実として、彼らはそれぞれの領域に君臨し、それぞれの臣下を従えている。

前大戦の末期において、ドイツにおいて発掘された巨大な石盤、『ドレスデン石盤』。その石盤が、なぜ存在するのか、どのような論理に従って稼働するのか、長年の研究をもってしても明らかになっていない。

わかっているのは、石盤は人を『王』にする、ということだ。

石盤によって選ばれた、七人の王。白銀、黄金、赤、青、緑、灰色、無色——それぞれが放つオーラの色によって、彼らはそう呼ばれている。國常路大覚は第二王権者《黄金の王》であり、三輪一言は第七王権者《無色の王》であった。

『王』は臣下を選び、王国を作り上げる。臣下はクランズマンと呼ばれ、王国はクランとも呼ばれる。《黄金の王》たる國常路大覚は、その中でも最強にして最大の『王』であった。彼のクラン《非時院(ときじくいん)》は、その絶大なる影響力によって日本を統治し、焼け野原の敗戦国から世界有数の先進国へと繁栄を遂げさせたのだ。

だが——

「……五年、か」

つぶやきには、知らず、ため息が混じっていた。

茶を飲む一言の手が止まった。

「復興は、ほぼ終えたと聞き及んでおります」

静かな言葉に、しかし國常路は、眉間に深い皺を刻む。

「だが、命は返ってこない」

一言の穏やかな表情に、沈痛の色が差した。

自分にも同じような表情が浮かんでいるのだろう、と國常路は思う。ひとりのときには封じ込めている記憶が、二人の場においては鮮やかに蘇る。なぜならば國常路と一言は、共に『それ』に立ち向かった盟友であり――『それ』を防ぐことのできなかった敗北者であるからだ。

五年前。

『王』たちの戦いがあった。

《赤の王》迦具都玄示と、《青の王》羽張迅。《暴力》と《秩序》という、相反する属性を持った二人の王は、互いに命をかけて争ったのだ。

『王』の異能が閾値を超えるとき、彼らの頭上には剣の形をしたエネルギーの結晶体が現れる。それは『ダモクレスの剣』と呼ばれ、『王』の強大な力を示す象徴として認識されていた。

だが、力は代償を必要とする。

限界を超えて力を行使しつづけ、ついには『王』が暴走するとき、『ダモクレスの剣』は『王』の頭上に落ちてくる。その由来となった故事のごとく、剣は王を貫き、そして破滅をもたらすのだ。

落ちたのは、迦具都の剣だったという。

今となってはどちらでもいいことだ。いずれにせよ、迦具都も羽張もそのときに死んだ。死者を罰する法はこの世には存在せず、ただ残されたものが、その現実を受け止めなくてはならない。

迦具都玄示の『ダモクレスダウン』は、関東南部、半径十数キロメートルを消滅させた。

死者の総数は、約七十万。

それはすでに、悲劇を超えて統計だ。

國常路大覚ほどの器をもってしても、その数を受け止めきることはできなかった。ただひとりの『王』が、その身勝手な暴走が、前大戦の民間人死者数に匹敵するほどの犠牲者を出すなどと、誰が予想できただろう。

『ドレスデン石盤』をこの国に持ち込んだのは國常路だ。『王』の力を復興に使い、この国に大輪の栄華を咲かせたのも、また己の手腕である。かつて誓った通り、己こそが理想の『王』となった――そんな自負を、抱いていた。

それならば、あの惨劇もまた、己が招いたことだ。『ドレスデン石盤』をこの国に持ち込まなければ、南関東の地形が変わることはなかった。そこに住む人々もまた、今を生きていることができていたはずだ。

繁栄を求め、あの戦争を引き起こしたものたちと、己と――一体、なにが違うというのだろう。

いつからか、國常路は、そんな考えを抱くようになっていた。

「……御前は、最善を尽くしました」

國常路の苦悩を見て取ったか、一言はそうつぶやいた。

彼もまた、國常路と共に、『ダモクレスダウン』を回避しようと足掻いたもののひとりだ。自らが持つ『予言』の力を尽くし、共に事に当たってくれた。

それだけに、一言の言葉には真実味がこもっていた。迦具都による『ダモクレスダウン』はあれだけの被害を出して、なお『最悪』ではなかったのだ。もしも対応を誤っていれば、落ちる剣は一本では済まず、南関東どころか日本そのものの形が変わっていただろう――というのは、二人の共通した認識だった。

だが、國常路はゆるりと首を振る。

「なにが最善だったか、誰にもわからぬことだ」

「…………」

「はっきりしているのは――私は、責を負わねばならぬ。自らが招いたことの責任は、この肩で負うつもりでいる」

七十万人の死など、ひとりの人間が負えるものではない。

それはおそらく、『王』でなければ担うことのできない重責であろう。

だからこそ、國常路は言った。

「五年前、彼奴(きやつ)の剣が落ちた瞬間に、私は、死ぬまで『王』で居続ける定めを背負ったのだ」

その言葉を、しかし。


「否定します」


戸外からの声が、否定した。

「――――」

國常路と一言は、同時に立ち上がる。物も言わず控えていた従者の手によって、障子戸がさっと開く。

冬の夜気に満ちた庭園、皓々と輝く月明かりの下、淡く光る白砂の上に。

緑のケモノがいた。

「緑――」

一言が、呆然とつぶやいた。

國常路は、その少年をじっと見つめる。

そう、少年だ。まだ十代の半ばほどだろう。黒い髪に、眠たげな眼差し、拘束服のような奇妙な衣装を纏い、電子制御とおぼしき車椅子に腰かけている。

そして、彼の周囲には、緑色の雷光がほとばしっていた。

少年は、まったく臆することなく言い放つ。

「はじめまして、第二王権者《黄金の王》、ならびに第七王権者《無色の王》。俺は比水流。第五王権者、《緑の王》です」

《緑の王》。

その存在自体は観測されていた。奇しくも五年前、迦具都事件において誕生した、新たなる《緑の王》。だが、その反応は即座に消失し、それ以降は観測されることもなくなった。死亡説さえ流れていたほどだ。

所在不明であった《緑の王》が、なぜ、この場に現れたのか。

それを尋ねる前に、一言が前に出ていた。

「やあ、はじめまして。比水くん——でいいかな。年下だしね」

《無色の王》たる三輪一言は、『王』たちのあいだに立っての調停を自らの役割としている。明らかな侵入者であっても和やかに対応するのは、その役割ゆえだろう。

比水は表情を変えず、応じる。

「好きなように呼んでください。いずれにしろ意味のないことです」

「呼び方は大事だよ。人間関係は最初が肝心だ。それに大きく関わってくることだからね」

「あなたたちと、人間関係を結ぶつもりはありません」

ぴしり、と空気が張り詰めた。

「一言様。お下がりください」

いつの間にか、一言の傍らに男が立っていた。

紫の髪を持つ青年。三輪一言のクランズマンだ。名は、確か御芍神(みしゃくじ)とか言ったか。わずかな動揺も見せることなく、腰元の刀に手を掛けている。

調停の時間は終わった。そう認識したのだろう。

それは、國常路の認識と同じだった。

「その物言いでは、協定を批准しにきたわけではなさそうだな」

重々しい國常路の声に、比水は怖じず答える。

「肯定です、《黄金の王》」

「では、何用だ」

「俺は貴方に挑みにきました。チャレンジです」

ばちっ、と一際大きく、緑の雷光が奔(はし)った。

國常路は歩を進めた。

一言の、珍しく緊迫した声が飛ぶ。

「御前。彼はまだ――」

「貴様は迦具都事件の生き残りだな」

制止しようとする一言を振り切って、縁側に出た。

比水は表情を動かさない。そこに現れたときから変わらぬ無表情で、國常路に言葉を返した。

「肯定です」

「仇(かたき)を、討ちにきたか」

《緑の王》は、迦具都の剣が落ちるのと時を同じくして出現した。

それは、彼が迦具都事件の犠牲者であるということを意味している。『王』に選ばれたことで命を永らえたが、それ以外のものをすべて奪われたのだろう。

家族も、友人も、居場所も、すべてを奪われたものが、なにを考えるかは想像に難くない。

復讐(ふくしゅう)だ。

迦具都は死んでいる。死者に報いを受けさせることはできない。

それならば、石盤をこの国に導き、あの巨大な悲劇を招いた國常路こそが、その対象となるべきであろう。

七十万の死者の魂が、少年の『王』となり、贖(あがな)いを求めに来た。

國常路の目に、比水の姿はそう映っていた。

だが――

「否定です、《黄金の王》。俺は復讐など求めません」

比水はゆるやかに首を振った。

「……なに？」

「俺が求めるのは、『ドレスデン石盤』です。全人類を、次の段階へと進化させる奇蹟(きせき)の遺物。その、所有権を求めます」

黒髪の隙間から比水の目がのぞいている。その目は表情と同じく無感情だが、どこか、内側に秘めた熱のようなものを感じさせた。

その熱に、國常路は見覚えがあった。

もう半世紀も昔のこと。まだ己が『王』ではなかった頃のこと。

異邦の地において、自らに笑顔を向けてくれた二人の友が、脳裏に浮かんだ。

だが、それは一瞬のことだった。國常路はすぐに『王』へと立ち戻り、比水に尋ねる。

「なにゆえ石盤を求める？」

「貴方に教えるつもりはありません」

愛想も、取り付く島もない。最初からそんなものは必要ないと認識しているのだ。比水は石盤の権利を、平和裏に受け取りに来たわけではない。強奪しに来たのだ。

國常路を、殺すことによって。

いっそのこと小気味よかった。ここまであからさまな敵意を、自分に向けてくるものは久しぶりだった。

なればこそ、その気持ちには応えなければならない。

國常路は縁側から降り、白砂の上に足をつけた。

比水の拘束服が、ひとりでに解けて、彼の身を自由にした。

國常路と同じ地平に立ち上がりながら、比水は宣言をする。

「《黄金の王》。貴方はこれ以上、石盤を制御する責任など負わなくても良いのです。俺が貴方を殺し、その重圧から解き放ちます」

國常路の、巖(いわお)のごとき口元に。

ふっと、微笑が差した。

「……やってみろ」

緑の『ダモクレスの剣』が、比水の頭上に出現した。

ほどけた拘束服の下から、白く輝く服がその姿をのぞかせている。天人のように美しくありながら、ケモノのような危険を孕(はら)んでいる。ばちばちと、彼の周囲に渦巻く緑色のスパークが、それを象徴しているかのようだ。

國常路の背後で、誰かが囁(ささや)いた。

——美しい。

その次の瞬間。

白砂を蹴立て、比水が國常路に突進した。

対して、國常路はどうという変化も起こさなかった。普段と同じように後ろ手を組み、泰然とその場にたたずみながら――

力を、解放した。

全周囲に放たれた力が、颶風のように吹き荒れた。

「くっ!?」

背後から一言のくぐもった声がした。無作為に放たれる斥力に身体を持って行かれそうになり、御芍神によってその背を支えられている。振り返って見なくとも、國常路にはそのことがわかる。なんとなれば、今この場にいるすべての人間の『運命』は、彼が掌握しているのだから。

《黄金の王》は、人の『運命』を司る。

『運命』とは、無数の『流れ』のことだ。空気が渦を巻いて流れるように、水が重力に引かれて流れるように、人々はそれぞれの『運命』の中で、ぶつかり、交わり、互いに影響を及ぼしながら流されていく。

だが、『運命の王』たる國常路は、人々と――いや、他の『王』と比べてさえ、圧倒的な力を持つ。巨大な質量を持つ天体のように、ただそこに在るだけで人々を惹きつけ、あるいは、はじき飛ばす。彼は流されるものではなく、『流れ』を作り出す根源そのものであった。

それを純粋な『力』として放ったとき、爆発的な斥力として作用する。

國常路は後ろ手を組んだまま、微動だにしていない。白銀の髪は力の影響を受けず、ひとそよぎさえしていない。

一方で、比水はその場にしがみついていた。両手両足で踏ん張って、吹き飛ばされないよう必死で耐えている。突き立てられた両手の爪が、十本の轍を刻んでいる。

二人の『王』には、圧倒的な力の差があった。

そのことが、比水にわからないはずがない。國常路の頭上に『ダモクレス』は現れていないのだ。まだ本気を出していないにもかかわらず、この出力を発揮する《黄金の王》に、勝てる可能性はほとんどないだろう。

そのことが、わかっていてなお——

比水は前に進もうとしていた。

四つん這いになり、姿勢を低くしながら、ざく、ざく、と音を立てて國常路に近づいていく。顔の前に掲げた右手が、ばちばちと音を立ててスパークしている。國常路が叩きつける力を『改変』の能力でやわらげているのだ。その姿は、北風に立ち向かう旅人を連想させた。

比水は自らの『運命』を、文字通り切り開き、前に進もうとしている。

その姿を、國常路はかつて見たことがあった。

敗戦を経て、焼け野原と化したこの国で過ごした、激動と闘争の日々。この国の混乱を鎮めようとする國常路の前に、障害はいくつもあった。彼に挑んできた敵。そして、彼が挑まなければならなかった敵。

比水の姿は、かつて國常路が相対した敵であると同時に、かつての國常路自身の姿でもあっただろう。

それならば。

比水と國常路との距離が、1メートルほどに詰まった。飛びかかる寸前の猛獣のように、緑のケモノが身体をたわめる。エネルギーに輝くその瞳が、ぎらりと殺意を帯び――

國常路が、かっと目を見開いた。

緑色の『ダモクレス』とつばぜり合うように、黄金の『ダモクレス』が出現した。

その瞬間、それまでに倍する斥力が、周囲に荒れ狂った。

カウンター気味に力を食らい、比水の身体がたまらずに吹き飛ぶ。空中できりもみするように回転しながら、スパークが周囲を舞う。『改変』能力による姿勢制御。通常の物理法則ではあり得ない動きで、比水はもといた地点に着地し、顔を上げた。

颶風のように荒れ狂っていた國常路の力が、ぴたりと止んでいた。

「失礼した」

黄金の『ダモクレス』の剣』を、頭上に煌々(こうこう)と輝かせて、國常路は口を開く。

「挑戦者に対しては、全力を尽くすのが王者の礼儀というものだ」

そうして、彼は後ろ手を解き、諸肌を脱いだ。

赤銅色の上半身が露になる。鍛え抜かれた完璧の肉体。冬の寒気にもうもうと立ちこめる湯気は、彼の体熱から放たれるものではない。國常路が纏う、《黄金》のオーラだ。周囲に解き放っていた力を、國常路大覚というひとりの人間に集中させたとき、空間を歪(ゆが)ませるほどの力が発現するのだ。

國常路が構えた。

開いた左手を顔の前に、握った右手を脇腹の横に。左のつま先を白砂に食い込ませ、右のかかとを土台として、わずかに腰を落とす。

それに対して、比水の姿は不安定に歪みはじめていた。

緑のエネルギーが不規則に周囲に舞い、ときに荒々しく、ときに弱々しく明滅している。時間切れ、あるいはエネルギー切れを連想させる姿だ。劇的に戦闘能力を高める比水の力には、なんらかの制約があるのかもしれない。

このまま時間が過ぎれば、國常路の優位はますます確たるものになっていくだろう。

だから、國常路は傲然と言い放った。

「かかってこい」

時間切れの決着など、『王』の戦いの末にあるべきではない。これほどにまっすぐで、これほどに危うい若者の挑戦は、正面から叩きつぶすのが礼儀だった。

再び、力が吹き荒れた。

今度は逆だ。はじき飛ばすのではなく、引き寄せるほうに。その場にいるすべての人間が、國常路ひとりに向かって引き寄せられようとしている。その重力に抗えるものは、その場にいないかと思われた。

比水は抗わなかった。

「ゆきます」

短い一声の後、彼は跳躍した。

支えを失った身体が、國常路の力に捉えられて引き寄せられる。敵の力を利用し、むしろ『改変』によってさらに加速しながら、比水は緑色の爪を振りかぶった。

その瞬間。

比水は星を見た。

目の前にいるものは、人間ではなかった。『王』ですらない。生物の感覚器官では捉えることすら困難なほど、ただ巨大で、莫大（ばくだい）で、雄大なもの。宇宙の暗黒の中で、ただひとつ自ら光を放つもの。

恒星だ。

盛りを終え、しかし、なおも肥大化を続ける赤色巨星。

それを目の当たりにした瞬間、比水は己の敗北を直感した。

星に勝てるものなど、この世にいるはずがないからだ。

その直感から、ゼロコンマ数秒後——

國常路の拳が、比水の胸に叩きつけられた。

爆音が轟（とどろ）いた。

隕石（いんせき）の落下に匹敵する衝撃を受け、比水の身体は弾丸のように吹き飛んだ。夜闇に緑色の軌跡を刻みながら一直線に飛び、石灯籠をへし折って軌道を曲げ、別邸を取り囲む林に突っ込んで見えなくなった。

やや遅れて、木々が倒れる音が響いてきた。

そのときにはもう、二本の『ダモクレス』は、消失していた。

國常路は彫像のように動かない。正拳突きを繰り出した体勢のまま静止している。その身体から揺らめく黄金のオーラが、やがて風に吹かれるように、宙に溶けて消えた。

「御前」

その声に、ようやく國常路は構えを解いた。

振り返る。一言は、変わらぬ微笑みを湛えていた。ただその眼差しだけは、かすかな愁いを帯びている。

彼は懐紙を恭しく差し出した。

「傷のお手当てを」

「……む」

気づけば頰が、自らの血に濡れていた。深い傷ではない。しかし、確かに比水の爪は國常路に届いていたのだ。

頰に当てると、懐紙が赤く染まった。わずかな痛みが走る。それもまた、久方ぶりのことだった。この数十年ものあいだ、國常路に傷をつけられるものなど、ひとりとして現れなかった。

國常路は、感嘆と共につぶやく。

「三日は寿命が縮んだ。大した小僧だ」

「彼は、どうなったのでしょう」

「死んではおらぬ」

いや、と口の中で、己の言葉を否定する。

比水流は死んでいる。おそらくは、自分と戦う遥か以前から、彼の心臓は動いていない。胸に打ち付けた拳が、國常路にそのことを告げていた。

比水の心臓のあるべき場所には、別のものが鼓動している。それが今の比水を突き動かしているのだろう。それがなんなのか、今はまだわからない。あるいは『改変』の能力と、なんらかの関わりがあるのかもしれない。

國常路は盟友を振り返り、尋ねた。

「貴殿はあの男をどう見た？」

一言は瞑目し、首を振った。

「若く、それゆえに性急で、けれど愚かではありません。今日のことは彼にとって大きな経験となるでしょうが、彼の野心が変わることはないでしょう」

「……だろうな」

手負いのケモノは、より慎重に、より狡猾になる。

今はまだよい。國常路の支配は盤石であり、彼に刃向かえるものは存在しない。再び比水が現れたとして、容易く叩きつぶすことができるだろう。

だが、五年後はどうか。十年後は？　それまでに、『王』によるパワーバランスは回復するのか。不在の《赤の王》や《青の王》に就くものは現れるのか。現れたとして、比水と同じような野心を抱かないという保証が、どこにあるのか。

そしてそのとき、若き《緑の王》はどのような成長を遂げているのだろう。そんな比水を、老いた國常路と、病身の一言が、今日のように抑え込むことはできるのか——

國常路は天を仰いだ。

白銀の月が夜空に浮かんでいる。地上のことなど知らぬげに、ただ慈愛をもって見下ろしている。

それは、かつて袂を分かち、なおも同じ空をさ迷いつづける、旧友を思い起こさせた。

忸怩たる思いに焼かれるように、國常路は口を開く。

「この国は終わるぞ。ヴァイスマン」

予言めいたつぶやきは、夜風に乗り、どこに届くこともなく吹き散らされていった。

◆

「がっ……はっ……、ぐ、うううううっ……！」

踵が床のタイルを打ち、ぬるりと滑って血の跡を残した。吐き出した血液を受け止めるトレイはどこにもなく、ただまき散らされるだけになっている。全身をバネのようにたわませ、あるいは縮めながら、比水はその苦悶と戦っていた。

國常路の一撃は、比水の全身を打ち砕いていた。あばら骨だけで十本以上が折れている。粉砕骨折もいくつか含まれるだろうか。筋肉が悲鳴をあげ、内臓がもだえている。『改変』の能力を持つとはいえ、苦痛は人並みに感じる。いつもならばその力で傷も癒やせるはずだったが、今の比水は、消耗しきっていた。

なにしろ、《黄金の王》と一対一で戦ったのだ。

命があるだけ儲けものだろう。

「おい、流！　大丈夫か!?」

どんどんと荒々しいノックと共に、彼の保護者——磐舟天鶏の声が響いた。

「ここ開けろ！　痛み止め、ありったけ買ってきたぞ！　それ飲んだら、俺の知り合いの闇医者のところに——」

「ありがとうございます、イワさん。でも、それには及びません」

比水は激痛に顔を歪めながら、それでも平静に言う。

「俺の身体は『改変』によって生きながらえているものです。今の医学による治療は、ほとんど効果がありません」

言ってる途中で内臓が裏返った。ごぼりと血を吐き出し、激しく咳き込む。ぐらりと視界が暗くなり、自らの吐瀉物に頭から突っ込んだ。ぬるりとした血と冬の風呂場のタイルが、温かく冷たかった。

ドアの向こうで、磐舟が歯ぎしりをする。

「馬鹿野郎ッ！　俺に黙って、無茶なことしやがって！　あのじいさんに勝てるわけないだろうがよ！」

血にまみれた顔で、比水は凄絶に笑う。

「肯定です。イワさん。俺は星を見ました。《黄金の王》は規格外です。今の俺には——いえ、十年経ったとしても、俺が彼に勝つことは不可能でしょう」

「だったら……！」

「ですが、最後に勝つのは俺です」

磐舟が絶句するのが、肌でわかった。

「《黄金の王》は、無敵ですが、不死ではありません。彼は老いています。『王』とて人間です。死ぬときは、必ず死ぬ」

痛みが少し引いた。比水は上半身を起こし、ドアに背を預ける。目を閉じると、その向こうで心配そうに顔を歪めている磐舟の姿が浮かぶようだった。

「イワさんに黙っていたことは謝罪します。ごめんなさい」

「…………」

「言えば止められると思ったのです。あるいは、イワさんも一緒に来てしまうと思ったのです。それは防ぎたかった。あのときの約束を、まだ果たすときではありません」

かつて、比水と磐舟のあいだで交わされた約束。

いつか、その必要ができたとき、磐舟の『力』を比水のために使う。

今はまだ、そのときではない。本当の本当に、切り札を切らなければならないときまで、磐舟の存在は隠しておかなければならない。

五年前、迦具都事件の折に姿を消した第六王権者《灰色の王》の存在は、誰にも知られるわけにはいかないのだ。

比水は手を伸ばした。鍵を開けようとして、血でぬめってうまくいかず、何度か試みてようやく開けることができた。

ドアが弾かれたように開き、比水は後ろ向きに風呂場の外に倒れ込んだ。天井を見上げる視界に、磐舟の悲痛な表情が映る。

比水は眉をひそめ、言う。

「次からは、きちんと相談をします。ですから、そんな顔をしないでください」

「……馬鹿野郎……」

磐舟は弱々しい声でつぶやき、拘束服をあてがった。

露になった比水の胸には巨大な穴が開き、その中で緑色のエネルギー塊が鼓動している。心臓の代わりに動くその輝きは、今にも消えそうなほど弱々しくなっていた。

死に瀕(ひん)した自らの身体を『改変』し、なくした心臓を異能によって補う。

それが、比水の現状だ。

生を維持しつづけるために、比水は大きな力を使わなければならない。だが、國常路との戦闘で消耗した今の比水には、それも難しくなりはじめていた。異能を内側に閉じ込める作用を持つ拘束服の助けがなければ、やがて比水の生命は、消えてなくなるだろう。

幸い、そういうことにはならなかった。磐舟が拘束服の金具をきっちりと結ぶと、比水の異能は弱々しいながらも安定し、鼓動も一定になっていった。

ふう、と息をつき、比水は微笑む。

「助かりました。これで小康状態を保つことができるでしょう。感謝です」

対して磐舟は、苦虫を嚙みつぶしたような表情で、

「……なんで風呂場に閉じこもった？」

「風呂場のほうが後始末が容易だからです。俺たちがここに住んでいた痕跡を消すのなら、血を吐くのは極力掃除しやすい場所がよいでしょう」

「…………育て方、間違えたかね」

「イワさんは俺をよく育ててくれました。きちんとした教育を施してくれましたし、食事の栄養バランスもばっちりです。健康です」

「へっ。そんなナリで、よく言うぜ」

ようやく、磐舟の口元に笑みが浮かんだ。

それから、彼は『後始末』を始めた。血まみれの比水を風呂場に押し戻し、温水のシャワーで、撥水性の拘束服ごと洗いはじめる。温水と血が入り交じったものが、渦を作りながら排水溝へと流れていった。

風呂場用のスポンジで洗われながら、比水は今後の計画を口にする。

「《非時院》は俺を追跡しているはずです。それを撒(ま)かなければなりません。新しい住居に移りましょう」

「新しい住居だあ？　どこにあるんだよ、そんなもん」

「場所は車のナビに登録しておきました。イワさんは車を運転してくれればいいです」

「……ほんとに、おまえは……」

半開きになった扉から、部屋の中を見通すことができた。今まで住み暮らしてきた四畳半。片隅の鳥かごの中で、一羽のオウムが眠っているのが見えた。

比水の友であり、初めてのクランズマンだ。

《黄金の王》の一撃を受け、敗北を確信したとき、閃(ひらめ)いた考えが口を突いて出た。

「イワさん。俺は俺のクランを作ります」

「……なに？」

「クランです。《黄金の王》から身を隠し、石盤を奪う準備を整えるために、俺の手足となるクランズマンたちが必要です」

磐舟は眉根を寄せる。『クラン』という言葉が彼にどのような記憶を思い起こさせたか、想像に難くない。だが、磐舟はすぐに首を振り、なんでもないことのように言う。

「そんじゃ、まずは名前をつけねえとな」

「名前、ですか？」

「おうよ。名前もないクランに入るような物好きなんざそうそういねえ。おまえがどんなクランを作るつもりでいるのか、そこんとこをよーく考えて名付けろよ」

比水は黙考する。

どんなクランか、と言えば、隠匿のクランになるだろう。すでに逃亡者となった比水と磐舟は、簡単にはクランズマンの前に出ることはできなくなる。彼らは常に陰に潜み、密に連絡を取り合い、警戒しつづけなければならない。密やかに地下に根を張り、気づかれることなくその版図を広げていく、そんな王国を作らなければならない。

ぱちっ、と目の前で電気が弾けた。

その緑色を目にした瞬間、比水は口走っていた。

「《.jungle》」

磐舟は洗う手を止め、尋ねた。

「……ジャングル？　密林の、アレか？」

「肯定です。俺のクランの名前は、《.jungle》にします」

比水は目を細める。その目に映るのは四畳半であり、そこで眠る一羽のオウムだ。だが、彼が本当に見据えているのは、その向こう、その先に広がる未来だった。

『ドレスデン石盤』を奪い、その力をくみ上げ、世界中に広がる巨大な密林を作り上げる。それを形成する木々の一本一本が新たな王、新たな人類の形となるであろう。やがてそれは地球を覆うネットワークとなっていく。

その萌芽(ほうが)が、穴の開いた胸に芽生えるのを感じながら、比水は宣言する。

「今、この場所が、俺のクラン《ｊｕｎｇｌｅ》の、始まりです」

第一幕
新世界

「説明なさい。スクナ」

母の赤い唇から、そんな声が響いた。

五條(ごじょう)スクナは、母と目を合わせようとはしなかった。視線を横に向け、じっと押し黙っている。巨大な置き時計が、ゆっくりと時を刻んでいるのが、視界の隅に映っていた。

今日の昼、スクナは同級生を殴った。

そいつは前々からスクナを自分のグループに入れようとしていた。スクナを気に入ったからではなく、五條家がクラスの誰よりも強い権力を握っているからだ。名家の子女ばかりが通うスクナの学校では、個々人の性格や能力より、そのバックボーンが重視される。スクナの勧誘に成功すれば、そいつのグループはクラスの最大勢力となる——そんな理由から、そいつはスクナを誘い入れようとしていたのだ。

——おまえらは、クソだな。

スクナは思ったことを、はっきりとそいつに告げた。

そいつの顔色がさっと青くなり、そのあとに赤くなったことを覚えている。取り巻きたちの見交わすような視線。そのまま引き下がれば立場を失う。そいつはスクナの胸ぐらをつかみ、脅すようなことを言ってきた。

次の瞬間、スクナはそいつの顔面に拳をめり込ませていた。

教室が一瞬にして静まり返った。

そいつは尻餅を突き、信じられないような眼差しでスクナを見上げていた。取り巻きたちは呼吸を忘れ、凍り付いていた。

当然、ケンカになると思った。殴られ、蹴られ、叩きのめされるだろう。なにしろ数で負けている。それでも別に良かった。クソみたいな奴らに飲み込まれ、その一員となるよりも、ずっとせいせいすると思ったのだ。

そうはならなかった。

そいつも、そいつの取り巻きも、誰ひとりスクナに反撃しようとしなかった。溢(あふ)れる鼻血を手で押さえながら、すごすごと教室から出て行った。しばらくして教師が現れ、騒然とする教室からスクナを連れだし、事情聴取を受けているところに使用人が現れ、スクナを学校から家へと連れ戻し——

そして、今に至る。

冷たい部屋に、母と二人きりで取り残され、自分の口で事情を説明する羽目になった。

母は赤い唇を結び、じっと沈黙を保っている。たぶん、自分が喋(しゃべ)らなければ永久にそうしているだろう。スクナは舌打ちしたい衝動をこらえ、やっと口を開いた。

「俺は悪くねえよ」

「僕、」

母のやわらかな声に、スクナは顔を歪めた。彼女が自分にどのような態度を求めているのかはよく知っている。それに応えるつもりなどさらさらないが、応えなければ永久の沈黙が待っている。

「……僕は、悪くありません」

諦めてそう言い直すと、母の赤い唇が笑みを作った。

「そうよねえ。スクナが悪いことをするわけがないわ。悪いのは、きっと二ノ宮（にのみや）さんのほうよねえ？」

母はソファから立ち上がり、スクナの傍に寄った。彼の髪を、頬を、ゆったりとした手つきで撫（な）でる。スクナは母と視線を合わせようとせず、ただ彼女の赤い唇だけを見つめる。

「大丈夫、スクナはなんにも心配しなくていいわ。お父様にも、学校にも、もちろん二ノ宮さんにも、ちゃあんと言うべきことを言ってあげますからね」

「…………」

「お母様はあなたの味方ですからね。そうよねえ、スクナ？」

息苦しい、とスクナは思う。

それは常にあるものだ。家にいるとき、学校にいるとき——この世界にただ存在しているだけで、いつもスクナを包む閉塞感。その根源がなんなのか、スクナは知っている。

母の赤い唇と、それが紡ぐ溺愛の言葉だ。

だが、そこから逃れる術を、スクナは知らなかった。

彼にできるのは、ただ、母を満足させることだけだ。

「はい。ありがとうございます、お母様」

赤い唇が三日月のような笑みを浮かべた。

スクナはまたひとつ、自分の首が絞まるのを感じた。

◆

五條家は、古くからこの国に伝わる名家のひとつだ。

家系を遡れば平安の昔にまで行き着くが、その頃から名門であったわけではない。ただ長く続いているというだけの、どこにでもある家に過ぎなかった。

五條家がその名を高めたのは、戦後になってからのことだ。

五條家は、國常路家の傍流であった。

國常路大覚という巨大な存在がこの国をまとめ上げようとしたとき、彼はその手足となるものたちを必要とした。表で働くものたちと、裏で動くものたちだ。五條家は『表』で國常路に仕える一族となり、主に政治行政の分野で、めきめきと頭角を現しはじめた。

國常路大覚がこの国を統べるようになると、五條家はその働きに相応しい地位を与えられることになった。その当主を含め、一族のほとんどは国家の要職を担っている。

五條スクナは、そんな五條家の一人息子として生まれた。

そのような生まれであるから、スクナは今まで不自由せずに育ってきた。望んだものはすべて与えられ、数多くの使用人に王侯貴族のように傅かれてきた。

それでも時折、スクナはこの家を飛び出していきたくなることがあった。

政治家である父との関係は希薄だったが、それを不満に思ったことはない。もともと寂しさを感じにくい性格なのだ。誰かと遊ぶより、ひとりで部屋にこもってゲームでもしているほうがよほど楽しい。

問題なのは、母のほうだった。

父とは対照的に、母とスクナの関係は濃密だった。

スクナがなにをしようとしても、必ず母親がしゃしゃり出てきた。スクナが欲しいもの、欲しくないものを、彼がなにか言うよりも先に見つけ出し、与えてくる。そのあとで彼女は必ずこう言うのだった。

「これが欲しかったのでしょう、スクナ？」

欲しかったのかと言われれば、そのようにも思えてくる。たどたどしく頷くスクナを見ると、母の赤い唇は満足げに歪んだ。

そのような行いは、スクナの生活のあらゆる場所に及んだ。

衣食住、勉強やスポーツや趣味、果ては人間関係に至るまで——母の手はすべてに行き届いていた。スクナがすることで、母の知らないことはなにひとつなかっただろう。

物心がつき、成長するにつれ、スクナは次第に息苦しさを感じはじめた。

あらゆることを母に管理されている。なにもかもがあらかじめ定められ、そこから少しでも外れようとすると、あっという間に修正されてしまう。母はスクナの『欲しいもの』を押しつけてくるが、スクナはそれが本当に欲しかったのかどうか、それさえもわからなくなる。

自分の意思と関わりなく、自分の人生が、他の誰かの手によって動かされていく。

喉を真綿で絞められるかのように、その事実はじわじわとスクナの心を蝕（むしば）みつつあった。


チャイムが鳴り終わると同時に、教員は顔を上げ、仮面のような笑顔を生徒たちに向けた。

「本日はここまでです。みなさん、お疲れ様でした」

慇懃（いんぎん）に頭を下げる姿は、教師というよりは使用人のようだ。教員用のラップトップPCを教卓から取り外すと、背後に立てかけられていたディスプレイがブラックアウトした。それを小脇に抱え、教室の出口でもう一度生徒たちに礼をして、それきり教師は出て行った。

それまで沈黙を保っていた生徒たちが、ゆるゆると動きはじめた。

扇状に広がっている教室の片隅、窓際の席に座るスクナは、それでも動かず、ぼんやりと窓の外を眺めていた。

もともとクラスで孤立していたスクナは、例の事件以来、もはや完全に『いないもの』として扱われるようになっていた。休み時間になり、同級生たちがそれぞれのグループを作って談笑しはじめても、誰ひとり、スクナに視線すらよこさなくなった。まるで、見れば呪われるとでも思っているかのようだ。

ある意味では、それは事実である。

スクナが殴り飛ばした同級生——二ノ宮は、事件の一週間後に転校していた。

その背後にどのようなやりとりがあったのか、スクナは知らない。だが予想はつく。要するに、五條は二ノ宮よりはるかに強い権力を持っていたということなのだろう。

ちっ、と舌打ちをする。

スクナが二ノ宮を殴ったのは、あいつがケンカを売ってきたからだ。だから買った。殴った以上は殴り返されることも覚悟していた。

それなのに——先に殴ったのは自分なのに、自分はなんの罰も受けず、ただ一方的に殴られた二ノ宮のほうが、逃げ去るように転校していってしまった。

気分も、後味も、胸くそも悪くなる話だった。

五條も二ノ宮もこの学校も、頭がおかしいとしか思えなかった。被害者が文句も言えずに泣き寝入りするなど、三流の勧善懲悪ドラマにでも出てきそうな設定だ。なによりも、そのドラマにおける加害者——『親の権力を笠(かさ)に着て暴力を振るうどら息子』が自分なのかと思うと、さらにイライラが募った。

そのとき、後ろから声がかかった。

「……五條くん。いいかな?」

振り返ると、そこには三人の同級生が立っていた。名前は覚えていないが顔に見覚えがあった。

あの事件のとき、二ノ宮の後ろにいた、彼の友人たちだ。

仕返しか。

一瞬、そんな考えがよぎった。

が、全然違った。

「きょ、今日の算数でさ、わからないところがあって——五條くん、こないだ百点取ってたじゃない？　だから、よかったら教えてもらおうかなって」

「そ、そうそう！　それに、五條くんってゲームが好きなんだろ？」

「僕たちも好きなんだよね！　よかったら、一緒にやらない？」

口々に言いつのる三人組を見て、スクナは瞬きを二回した。

呆(あき)れるより先に、純粋な疑問が口を突いて出た。

「おまえら、二ノ宮の友達じゃないのかよ」

思ったよりも大きな声が響いた。

三人組はびくっと身をすくませた。『二ノ宮』という名前自体が、なにか、呪われでもしているかのように。

だが、その表情には、媚(こ)びへつらうような笑みが浮かんでいた。

「ああ、あいつ？　いいんだよ、あんな奴」

「別に友達でもなんでもないし。ただ便利だから一緒にいただけで」

「僕、もうアドレスからも消しちゃったよ。ＳＮＳの友人も解除したしさ。だいたい、あいつのこと嫌いだったんだよ。家のことで威張ってばっかだったから――」

それを聞いて、ようやくスクナは理解した。

二ノ宮を失ったこいつらは、今度は自分の取り巻きになりにきたのだ。

スクナが『親の権力を笠に着て暴力を振るうどら息子』なら――こいつらは、『そのどら息子に寄生して甘い汁を吸おうとするクズ』だ。

スクナは無言のまま立ち上がった。

「ご、五條くん？」

三人組はさっと身を引いた。二ノ宮と同じように殴られるとでも思ったのか。スクナは舌打ちをこらえ、尋ねる。

「親に、俺の友達になるように言われたのか？」

三人は口を噤んだが、その表情を見れば、図星を突かれたことは明白だった。

五條家の権力に楯突くものは、この学校内にはひとりもいないだろう。奇しくもこのあいだの事件がそれを証明してしまった。自家の子女がその友人となれば、いずれ得られる利益は計り知れない。そんな打算が透けて見えて、さらに吐き気が強くなった。

それでも、スクナは片頬を歪めるように笑う。

「いいぜ。友達になってやるよ」

三人組の真ん中が、ぱっと顔を輝かせた。

「ほんと!?」

「ああ。おまえらの親にも、周りの奴らにも、好きなように言え。俺の友達でも親友でも、勝手に吹聴すりゃいいさ」

そうして、スクナは笑みを消し、ぼそりと、

「だから、二度と俺に話しかけんな」

低い声で言うと、彼はぐっと言葉に詰まる。目を白黒させている三人組を押しのけて、スクナは教室を横切り、廊下へと出た。

三人組は、追っては来なかった。

◆

あまりに気分が悪かったから、午前の授業はすべてサボることにした。

保健室で「気分が悪いです」と事実を述べるだけで、すんなりとベッドを提供してくれた。あるいは『五條』の名が功を奏したのかもしれない。そう思うと家名も悪いことばかりではないが、そんなことを考えている自分もあのクズどもと同類になったような気がした。

ベッドで横になり、端末をいじりながらぼーっとしていると、母からメールが来た。

件名、『友達はできましたか?』。

『友達はできましたか?　先生から、スクナがクラスで孤立しているのではないかという話を聞いて、お母様は心配です。だから、できることをしました。スクナが喜んでくれると嬉(うれ)しいわ。

お母様は貴方の味方ですからね』

横たわりながら、スクナの喉が大きく上下した。

母が、自分を愛してくれていることに間違いはない。

だが、時折スクナは、母は狂っているのではないかと思うことがある。

こういうことを、スクナが本気で喜ぶと思っているのだろうか。

住む場所。食べ物。洋服。お菓子や漫画やゲーム機や旅行と同じように、スクナが欲しいもの——欲しがっているであろうものを先回りして用意し、与えようとしている。

母にとっては、友達もそのうちのひとつなのだろう。

とても、正気の沙汰とは思えなかった。


「…………」

それでも、スクナは返信をしなければならない。それはスクナの義務だ。どれだけ理解できないとしても、彼女はスクナの母であり、スクナを管理するものなのだ。そのルールに反することは、スクナにはできなかった。

『友達ができました。ありがとうございます、お母様』

自分で作った文章を、なるべく見ないようにしながらスクナは返信し、それきり端末の電源を落とした。

ベッドから立ち上がる。

「あの。気分、よくなりました——」

言い訳を口にしながら、ベッドを仕切るカーテンを開ける。が、養護教諭はどこにも見当たらない。授業にでも出ているのか、昼飯でも食べているのか。興味はなかった。スクナは利用者名簿に自分の名前を書き付け、保健室をあとにする。

廊下はしんと静まり返っていた。

私立上神(うわがみ)小学校は、校舎一階に保健室や教員室、生徒指導室などがある。教室があるのは二階より上だ。授業の声が響かない廊下は、白昼であっても耳が痛いほど静かであるということを、スクナは初めて知った。

教室に戻るか、それとも昼休みまでどこかで時間を潰すか――考えかけたスクナは、ふと、奇妙なものを目にした。

生徒だ。

スクナと同じ制服に身を包んでいる。年の頃もスクナと同じくらいだろう。それはいい。死んだように静まり返っているとはいえ、校舎の中だ。生徒のひとりや二人、いてもおかしくはない。が、生徒指導室の前で膝を突き、端末をのぞき込んだまま微動だにしない生徒というのは、なかなかお目にかかれるものではない。

「…………？」

スクナは首をかしげ、そいつの背中をまじまじと見つめた。

端末を操作しているようだが、なにをしているのかはわからない。チャットでもしているのだろうか。それにしても、こんなに目立つところでやらなくてもいいのに――

「ミッション、スタート」

不意にそいつが、ぽつりとつぶやいた。

次の瞬間、けたたましいサイレンが鳴り響いた。

スクナはびくりと身を震わせた。サイレンは生徒指導室の隣、教員室から聞こえてくる。それに混じって、中にいる教員たちのものとおぼしき悲鳴も。

端末を操作していた生徒は素早く生徒指導室の扉を開き、その中にさっと身を隠した。ほぼ同時に教員室の扉が開き、男女数名からなる教師たちが這々(ほうほう)の体で逃げ出してきた。全員がずぶ濡れになっているのは、スプリンクラーが作動したからだろうか。

「な、なにが起きたんですか!?　火事!?　地震!?」

「わ、わかりません。とりあえず警備室に連絡を――！」

「それと放送室！　避難誘導を行わなくては！」

教師たちはパニックを起こしかけながらも、事態に対処しようとしている。そのうちのひとりが呆然と立ち尽くすスクナに気づき、顎から垂れる水滴を拭おうともせず、鬼気迫る表情で後ろを指さした。

「きみ！　危ないから、校庭に行ってなさい！　すぐにアナウンスがありますから！」

「――――」

スクナは目を丸くし、こくこくと頷く。教師もまた頷くと、大股に歩き出し、リノリウムの床で滑って転びそうになっていた。

やがて、廊下と教員室から誰もいなくなると――

生徒指導室の扉が、そろそろと開いた。

「……よし」

そいつはまたつぶやき、端末を操作する。と、けたたましく響いていたサイレンと、スプリンクラーから降り注ぐ水の音が、同時に止んだ。

うすうす勘づいていたが、そこでようやく、スクナは確信を得た。

こいつが今の事態を引き起こしたのだ。

驚いたし、呆れもしたが、それよりも強く思うことがあった。

スクナは口を開きかけ、やっぱりやめて、自らも端末を取り出した。カメラを起動し、教員室の扉を開けようとしているそいつの背中めがけてボタンを押す。

カシャッとシャッターを切る音がして、そいつがびくっと震えた。

慌てて振り返ったそいつに、スクナは純粋な好奇心から尋ねる。

「今の、どうやったんだ？」

そいつは口元を引きつらせてから、恐る恐る、というように聞き返してきた。

「……見た？」

「見たし、聞いたし、記録もした」

ふるふると端末を振りながら、スクナはそんなことを言い、にっと笑った。

「どうやったのか教えてくれたら、黙っててやってもいいぜ」

そいつはしばらく息を詰めていたが、やがて、諦めたようにため息をついた。

それが、九絵彦太郎と――《jungle》との、出会いだった。

◆

「ミッション？」

「ああ。命令を成功させると、報酬のポイントがもらえるんだよ。で、ある程度ポイントが溜まったらレベルアップする」

「ふうん。ゲームみたいだな」

「そ。要するに、現実の中でするゲームなのさ」

昼休み。

スクナと彦太郎は、屋上のフェンスにもたれかかりながら、座り込んでいた。

上神小学校に給食制度はなく、思い思いの場所で昼食を取ることが許されている。屋上は生徒に開放されていることもあり、昼休みともなれば多くの生徒で賑わうのが常だったが、今はスクナと彦太郎の二人しかいない。

他の生徒は、全員が校庭に避難していた。

広い校庭に、全校生徒と教師陣が勢揃いしている。火災騒ぎがあったのだから、おそらく騒然としているのだろうが、遠く離れた屋上にまでその声は聞こえてこない。

金網越しにその光景を見下ろしながら、スクナはぽつりとつぶやく。

「《jungle》なんて、聞いたことない」

「アンダーグラウンドなSNSだからな。でも、この学校にも何人かいるぜ、プレイヤー」

彦太郎がスプリンクラーを作動させたのは、彼が所属するSNS、《jungle》のためだという。その会員同士のあいだで出される『ミッション』を果たすために、彼は教員室を水浸しにしたのだ。

名門である上神小学校の生徒とはとても思えない、めちゃくちゃな動機だ。

が、それゆえに、スクナは強く興味を惹かれた。

少なくとも、目の前にいる少年は、保身のために自分に近づくようなクズどもとは違う——という認識が、スクナを前のめりにした。

「そのミッションって、誰が出してるんだ?」

スクナの質問に、彦太郎は首をかしげた。

「さあ? 今回のミッション発行者は匿名だから、誰がどんな目的で出してるのかは俺にもわかんないな」

「……なんだそれ?」

『ミッション』という言葉から、スクナはなんとなく秘密結社のようなものを想像していた。彦太郎はその下っ端であり、彼の上司から命令を受けて行ったのだと。

だが、彦太郎はその命令がなんのために出されたものなのか――それどころか、誰が出したのかさえ知らないのだという。

「よくあるんだよ。『駅前で大声で歌え』とか『喫茶店でわざとコーヒーをこぼして店員を呼べ』とか、目的が明記されてないミッション。要するに、『誰でもいいから人目を惹きつけろ』って言ってるわけだな。そういうのってたいてい高いポイントをもらえるんだけど、たいてい出している奴は匿名なんだ。なんでかわかるか?」

人目を惹く必要があり、名前を出したくない。そのふたつはスクナの中で容易に結びつき、ひとつの答えとなった。

ごくりと唾を飲み込んで、スクナはその答えを口にした。

「……犯罪、だから」

「正解。頭いいじゃん、スクナ」

彦太郎はにっと笑う。犯罪の片棒を担いでいるとは思えないほど、明るい笑顔だ。

「ま、匿名なのはお互い様だけどな。向こうは『教員室を無人にしろ』ってミッションを出して、俺は匿名でそれを達成した。お互い顔も名前も知らない。ただミッションを出して、俺が成功したって事実だけがあるのさ。で、そろそろその報酬が来るはずだけど――、お」

ふと、彦太郎の端末から電子音が響いた。

オウムをデフォルメしたとおぼしきキャラクターがホログラム映像で現れ、彦太郎の周囲を羽ばたきながら祝福する。

『ミッション達成！　ミッション達成！　ジャングルポイント、100点加算！』

「100JPか。結構もらえたな。あ、今のはジャンぴぃくんって言って、《jungle》のマスコットキャラクターだ」

「んなことどうでもいい！　おまえが教員室を水浸しにしたのは──」

「ミッション発動した奴が、教員室から盗みたいものでもあったんだろ。テストの答案とか、内申書とか──ああ、そういえばこの学校の生徒名簿って結構高く売れるらしいぜ。名家ばっかり通ってるからかな」

　さすがにスクナの顔が引きつった。

「バレたらただじゃ済まないぞ」

　義務教育において退学処分を受けることはあり得ないが、問題のある児童が『転校』するのはままあることだ。まして、私立上神小学校は名門校である。その名誉と保護者の信頼のためにも、そのような犯罪に関わった生徒を放っておくわけがなかった。

　しかし、彦太郎はまったく悪びれずに肩をすくめる。

「バレなきゃ問題ない。スクナも黙っててくれるんだろ？　どうやってスプリンクラーを誤作動させたか、教えたらさ」

　スクナは口を噤んだ。

　確かに、スクナはそう言った。だが、それはあくまで、彦太郎のやったことが『手の込んだ悪戯』だと思っていたからだ。話を聞く限り、彼が行っていることは悪戯の範囲を大きく超えている。巻き込まれればただでは済まないだろう。

スクナに犯罪者になるつもりなどない。

しかし——

「……結局、あれ、どうやったんだよ?」

彦太郎の話に惹かれているのも、また事実だった。

目的も正体も、すべてが謎に包まれているSNS《jungle》と、そこから発動される不可思議なミッション。その謎を少しでも解き明かしたいという欲求は、スクナ自身が驚くほど強く、彼を突き動かしていた。

くくっ、と潜めた声で笑い、彦太郎はスクナとの距離を詰めた。肩を寄せ合うようにしながら、彼は端末をスクナの前に差し出した。

端末に映し出されているのは、アプリの画面だろうか。真っ黒な空間に緑色のフレームで構成された建物が浮かんでいる。上神小学校の略式図だ、とスクナは気づいた。

「そんなに大したことをしたわけじゃない。この学校は有線なり無線なり、いろんなイントラネットが通ってるわけだけど、それはここの——中央管理室で制御されてる」

とんとん、と彦太郎の指がフレームの中央を示す。白い四角で表示されたそれは、タップすると『中央管理室』の文字が浮かび上がった。その四角からは、フレーム全体を走る血管のように無数の白いラインが延びている。

「中央管理室っていうだけあって、防災設備の管理も任されてるんだよな。ほんとの火事のときは報知器からの信号でスプリンクラーが起動するわけだけど、報知器が作動しなかったときのことを考えて、手動で起動することもできるんだ」

「それにしたって、アカウントがないと起動なんてできるわけないだろ」

「別に俺がアカウント持ってる必要はないさ。教員のアカウントを使えばいい」

「……どうやって？」

「どうやったんだと思う？」

そこが肝心なところだろうが。

スクナは冷たい目で彦太郎をにらんだが、重ねて質問する気にはなれなかった。なんとかこいつの鼻を明かしてやりたかった。そのためには自力で答えにたどり着かなければならない。

腕を組み、じっと考える。

教員のアカウントを使うには、アカウント名とパスワードを知らなければならない。普通に尋ねて教えてくれるわけがない。

それなら、盗み取るしかない。

「……教員室に行って、誰かのアカウント名とパスワードを入力するのを盗み見る、とか」

彦太郎は、ははっ、と笑った。

「ムリムリ。今どきはその辺のセキュリティもしっかりしてるからな。アカウントはともかく、パスワードはきっちりマスキングされてるし、そもそも教員室でそんな怪しい真似したらあっという間に生徒指導室行きだよ」

スクナはむっとする。自分のアイディアが却下されたことが悔しかったが、だからといって正解を聞くのはなおさら悔しい。半ば意地になって思考を巡らせる。

スクナは怪しまれずにパスワードを抜き取らなければならない。教員室に入って抜き取るのはリスクが高い。生徒が教員室にいることは不自然ではないが、そこでなにかの行動を起こすことは避けたほうがいいだろう。

となれば——

スクナは考え考え、言う。

「……教室の教卓に、ＣＣＤカメラを仕掛ける」

彦太郎は目を見開いた。

当たりかな、と考えつつ、スクナは続けた。

「小型で高性能な奴だ。教卓は大型ディスプレイや、教室に据え付けられている授業用端末に直結してるから、教師はいつもそこに自分のＰＣをつなげる。そうすれば教師が自分のＰＣに打ち込む文字列も記録できるだろ。それでアカウントとパスワードを抜き取る」

話しながら、なぜ自分はこんな話をしているのだろう、と不思議に思った。つい一時間前までは保健室のベッドで母にメールを返信していたのに、今は電脳犯罪のやり口について話し合っている。一時間前と今の自分が同じ人物とは、とても思えなかった。

だが、それは不快な感覚ではなかった。道徳に反することを話しているとわかっているのに、不思議な高揚がスクナを包み込んでいた。

それは、彦太郎も同じようだった。彼は顔に血の気を上らせながら、手を叩いた。

「なるほどなー！　いや、それは思いつかなかった。アナログだけど意外に盲点だ。教師だって、まさか自分が盗撮されてるなんて思いもしないだろうし。朝早くに仕掛ければ他の奴に見つかることもない。やっぱ頭いいな、スクナ！」

褒められると悪い気はしないが、それでもスクナは表情を緩めずに問う。

「それで正解なのか？」

「正解でいいんじゃないか。俺がやったのは別の方法だけど」

「だから、それを聞いてるんだろうが！」

業を煮やして声を張り上げると、彦太郎は快活に笑う。

「俺がやったのはもう少し単純な方法だよ。外部ストレージ——今回はSDカードだったけど、それをこっそり教師のPCに入れる。中身は空だけど実際は見えないウィルスが仕掛けられている。ウィルスに感染したらあとはこっちのもの。アカウントだろうがパスワードだろうが、好きに乗っ取ることが——いってえ！」

スクナは怒りを露にして彦太郎の肩口を叩いた。

「ざっけんな！　そんなのわかるわけないだろ！」

「だ、だったら『わからない』でいいだろ！　俺だって、まさかおまえが考えはじめるなんて思ってなかったよ！」

言われてみればその通りだ。「どうやったんだと思う？」という問いかけ自体が冗談のようなものだったのだろうが、スクナはそれに大まじめに答えてしまった。そんな自分がなんとなく恥ずかしくて、ぷいっと横を向く。

「でも、別にスクナのやり方も間違ってないんだぜ。俺は今言った方法を使ったけど、そういうのもありだ」

不意に真剣な口調になって、彦太郎がそう言った。

「ミッションを達成することが一番大事で、手段はなんでもいい。だから、俺もスクナも、どっちも正解。ま、実際にやってみて成功しないと、正解とは言えないけどな」

画面いっぱいに浮かび上がる《:ｊｕｎｇｌｅ》のアプリロゴ。そこから視線を外して、彦太郎はスクナを見つめた。

「ちゃんと方法を教えたぜ。これで黙っててくれるんだろ?」

「……まあ、約束は約束だからな」

釈然としないものを抱えつつも、スクナは頷く。それを見て彦太郎はにっと破顔し、スクナに顔を近づけてきた。

「よし。それじゃ、これで気兼ねなく誘えるな!」

「え?」

「《:ｊｕｎｇｌｅ》に入れよ、スクナ」

思ってもみなかった言葉に、スクナは目を見開いた。

「最初に声かけられたときから思ってたんだ。おまえ、絶対才能あるって! ああいう状況で俺のこと写真に撮って、脅しをかけてくる奴なんてそうそういるもんじゃない」

「……それ、褒めてるのか？」

「めちゃくちゃ褒めてるよ！　今だって、『アカウントを抜き取る方法』をまじめに考えたじゃんか。それを実行できたらポイントをたくさんもらえる。《.jungle》でのし上がれるんだ。だからさ、スクナ――」

手の中で端末を回転させ、スクナのほうに差し出す。『新規プレイヤー招待』という文字の下に、空欄のままのログボックスがあった。

「一緒に遊ぼうぜ。絶対おもしろいからさ！」

熱意のこもった彦太郎の声に、スクナはまじまじと彼の顔を見返してしまった。

『一緒に遊ぼう』なんて、他の誰かに誘われたことは、これが初めてのような気がした。

SNSの会員になったことはあるが、続いているものはひとつもなかった。『他者と交流を持つ』というSNSの目的に、価値を見いだせなかったからだ。

だが、《.jungle》の目的は交流ではない。謎めいたミッションを成功させ、ポイントを得て、のし上がっていくことが目的なのだ。まさしく現実で行うゲームだが、それゆえに、失敗は現実世界での汚点となり得る。彦太郎の行為は、下手をすれば学校を追い出されかねないリスクを負ったものだ。

だが、そのリスクを冒して余りある魅力が、《.jungle》にはある。

現実世界に無数に転がるミッション。それぞれがプレイヤーとなり、それらのミッションに挑んでいく。そして、そのためには手段は選ばなくていい。誰かの顔色を窺ったり、指図を受けたり、くだらない常識や体面を気にしなくていい。

そこには自由があった。

誰かから与えられるのではなく、手を伸ばしてつかみ取ることのできる『自由』。

それは、スクナが今、欲してやまないものだ。

「…………」

スクナは彦太郎の端末を操作し、ログボックスに自分のメールアドレスを入力する。送信。すぐに着信が来た。自分の端末を開くと、新着メールが来ていた。

件名、『《.jungle》にようこそ』。

『《.jungle》への参加をご希望の方は、以下のリンクを開いてください。それにより、貴方は《.jungle》のプレイヤーとなります』

逡巡したのは、ほんの一瞬だけのこと。

スクナは自らの端末をタップし、《.jungle》のページを開いた。

その瞬間、微細な電気が、指先から全身に駆け抜けた。

「――――」

二度ほど瞬きをすると、その感覚はあっという間に流れ落ち、消え去ってしまった。彦太郎の顔を見ると、彼はにこにこしながら自分を見守っている。今の感覚がなんだったのか、尋ねてみようとして、やっぱりやめた。

それよりも大事なものが、スクナの端末に現れていた。

樹木を意匠化した《ｊｕｎｇｌｅ》のアイコン。たった今、自分が加入し、その一員となった証。

彦太郎は、スクナよりもよほど嬉しそうな顔をした。彼は片目をつぶると、親指をぐっと立てて、スクナに示した。

「名前、決めないとな！」

スクナの端末には、アカウント名とパスワードの設定画面が映し出されている。

スクナは少し考えてから、彦太郎に尋ねた。

「おまえのアカウントは？　なんて名前だ？」

「『ナイン』だよ。『九』絵だからな」

「あっそ。それじゃ、俺は――」

スクナは手慣れた手つきで、自分のアカウント名を入力した。

『ファイブ』。

「おい、それパクリだろ！」

「パクリじゃねーよ、『五』條だからファイブなんだ。俺のオリジナルだぜ？」

にやっと笑ってそう言うと、彦太郎の口元にも呆れたような笑みが浮かんだ。彼は軽く片手を上げると、改まった口調で言った。

「俺は今までずっとソロプレイヤーだったから、おまえが初めてのフレンドだ。よろしくな、『フアイブ』」

スクナは肩をすくめ、その手に自分の手を打ち付けた。

二人しかいない屋上に、乾いた音が響いた。

◆

《.jungle》にはランクが存在する。

それぞれのランクは《.jungle》の各文字、すなわちjとuとnとgとlとeの六階級に区分される。最上級のランクプレイヤーは『.jランカー』と呼ばれ、ほとんどのプレイヤーはそのランクを目指してミッションをこなしている。『.jランカー』は《.jungle》の幹部とも、あるいは運営そのものとも言われ、その姿を見たものは誰もいない。

『うさんくさいな。実在すんのか、そいつら?』

『さあなー。俺も見たことねーよ。なにしろまだlランカーだからさ』

《.jungle》内のチャット機能で彦太郎と会話しつつ、スクナは操作を再開する。

実際に加入してみれば、《.jungle》は意外なほど普通のSNSとして機能していた。UIは利便性に優れているし、日記や写真を投稿することもできる。たった今、学校で別れた彦太郎と連絡を取っているのも、《.jungle》付属のメッセージ機能によるものだ。

だが、それは表向きの姿に過ぎない。

《ｊｕｎｇｌｅ》マイページのタブのひとつ、『ミッション』の項目を選択すると、本当の姿の一端が垣間見えた。

『急募』『大至急』『腕自慢のランカーを募集』『ハッキングできる奴募集』『ｇランカー以上募集。詳細はＤＭにて』——などなど。あらゆる条件が付帯された件名が、一覧にずらりと並んでいる。

それでも、開いてみれば大したことのないものが多い。「課題を手伝ってくれ」とか「他のチームとケンカするから助っ人しろ」とか、中には「彼女になってください」などというものまであって、思わず吹き出してしまった。

『でも、注意しろよ。ときどき、ほんとにヤバい奴も混じってるから』

というのは、彦太郎の言だ。

『教員室を水浸しにした奴がなに言ってんだ？』

『あんなのちょっとしたイタズラだろ。全然ヤバくねーよ。もっと危ないのがミッションにはあるの。報酬が高くて、詳細がわかってない奴は要注意。こんな話があるぜ——』

《ｊｕｎｇｌｅ》黎明期、あるミッションが発動された。発行者も目的も不明。ミッションは「この駅のロッカーに預けてあるトランクを指定地点まで運べ」というもので、その中身を見ることは厳禁とされていた。プレイヤーのひとりが高額の報酬ポイントに釣られて、ろくに考えもせずミッションを引き受けたが、トランクは異常なほど重く、しかもだんだん異臭が漂ってくる。駅員にとがめられそうになって逃げだしたところ、誤ってトランクを倒してしまった。

中から転がり出たのは、死後数日が経過したとおぼしき、女の死体だった——。

『怪談かよ』

即座にそう返すと、「さあ？」という頼りない言葉が返ってきた。

『ほんとかどうかは知らないけど、実際犯罪に利用されたりしてるからな。ヤクザとか外国人マフィアとかが、取引のために使ってるって話もよく聞く』

『そんなもん、警察がすぐ摘発するだろ？』

『そこをうまく隠せるから、犯罪に利用されるんじゃないか』

それはそうかもしれない。《ｊｕｎｇｌｅ》は必ずしも招待を受ける必要がなく、誰でも好きなときに始められるＳＮＳだが、そのくせ高い秘匿性を有している。先ほどの都市伝説ではないが、ポイントを絡ませればなんらかの運び屋をさせることも可能だろう。自分たちの正体を隠したまま、不特定多数の人間を動かすことができる——確かに、犯罪にはうってつけの状況が揃っている。

とはいえ。

今のスクナにとっては、やはり関係のある話ではない。

彼は最底辺のｅランカーだからだ。

ミッションのほとんどは『ｌランカー以上』を対象としたものばかりだ。初心者を相手にするつもりも暇もない、ということなのだろう。ネットゲームにはありがちな現象だ。全員が上だけを見ているから、下を気にかける奴はほとんどいない。

『ま、それだけじゃないんだけど』

『？　どういうことだよ？』

『《ｊｕｎｇｌｅ》のプレイヤーってさ。ランクアップしていけば、超能力が使えるようになるんだぜ』

………。

あまりの馬鹿馬鹿しさに、二の句が継げなかった。

『つっても、アイテムによる使い捨てのもんだけどな。ま、俺もそのうちランクアップできるから、そんときは見せてやるよ』

『期待しないでおく』

それだけを返して、スクナは彦太郎とのチャットを打ち切った。

「……超能力？　アホらしい」

そんな戯言に付き合うつもりはないが、それでもスクナは、この《ｊｕｎｇｌｅ》というゲームにハマりはじめていた。

スクナはゲームが好きだ。

ひとりでなにかをするのが好きな性分に、ゲームというジャンルはぴたりと合っていた。おもしろいゲーム、つまらないゲーム、さまざまなジャンルをやってきたが、途中で投げ出したことは一度もない。

あの母親も、スクナのゲームにだけは口を出さないからだ。

一挙手一投足に至るまで、人生のなにもかもを母親に管理されているスクナが、唯一、限定的にではあっても自由を得られるのは、ゲームの中だけなのだ。

　だからどんなゲームであっても、スクナは余すところなくプレイした。そこに自由がなくなったと見なすまで、すべての可能性が消えるまで、ひたすらにやり込んだ。

　それは、あるいは、表に出すことのできない母への反抗の形だったのかもしれない。

「さて」

　手始めに、と、スクナは『ミッション』にアクセスする。

　いくつもの条件区分からソートにかけ、自分に合致するミッションを選んでいく。どれも大したことのないものばかりで、報酬となるポイントも微々たるものだが、最初はこんなものだろう。まずは1ランカーになることがスクナの目的だ。

　ふと、スクナは思い立って、とあるアプリを起動した。

　驚くべきことに、《ｊｕｎｇｌｅ》は独自のアプリ配信サービスを有している。そこで配信されているアプリは、どれもこれも、便利というより強力なものだった。

　彦太郎がスクナに示した、あの緑のフレームのアプリ——『グラスルート』は、そのうちのひとつだ。

　これは周囲のＬＡＮ環境を視覚化することができるというものだ。それだけでなく、ある程度のセキュリティならば易々と突破できる機能までついている。

　スクナは試しに『グラスルート』を起動して、自宅の——五條家のネットワークに侵入してみた。五條家は官民双方のセキュリティによって守られている。広い邸宅を監視するためのカメラも、あちらこちらに設置されている。

『グラスルート』は、いとも容易くそのカメラの映像を映し出すことに成功した。

スクナは思わずつぶやく。

「……マジかよ。大丈夫か、この家」

スクナの父は政府高官のはずなのだが、その自宅のネットセキュリティが民間のアプリに破られるってかなりヤバくないか。

が、少し操作したら納得した。

『グラスルート』が侵入できるのは、最下位のセキュリティまでのようだ。一般の警備でも閲覧できるようにするためだろう、監視カメラが映し出すのはどうでもいい場所の映像ばかりで、これを利用してなにかの計画を立てるのは難しそうだ。

それでも、自室にいながら家の各所を見られるという機会は、なかなか新鮮なものだった。スクナはアプリを操作し、次々に映像を切り替えていく。

キッチンで働く料理人たち、広間の陰でおしゃべりをする使用人、そして――

自室で端末を弄る子供。

すうっと、背筋が冷たくなった。

それは、自分だった。部屋を斜めに見下ろす位置から、不鮮明なカメラ映像が、ベッドに寝転んで端末を操作しているスクナ本人の姿を映している。

スクナは、奥歯を痛いほどに噛みしめた。

煮えるような怒りが、腹の奥に生まれていた。

――そこまで、俺を管理したいのか。

脳裏に鮮明に浮かぶ、赤い唇と、それが作る三日月の笑み。子供のすべてを掌握し、その人生のすべてを操作しようとする、長くて細いマニキュアを塗った手。

喉元の苦しさをごまかすように、スクナは服の襟元を緩め、心の中でつぶやく。

――それなら、こっちにも考えがある。

焦げ付くような怒りは、すぐに冷たい覚悟に変わった。

スクナは『グラスルート』を操作し、自分にできることを行いはじめた。

◆

「よっ、スクナ。どこまで行った？」

数日後の、昼休み。

端末をぽちぽちといじりながら、教室を出たスクナに、そんな声がかかった。

彦太郎だった。廊下の壁に寄りかかりながら、からかうような笑みを口元に浮かべている。その笑みに応じるように、スクナは《ｊｕｎｇｌｅ》のプロフィール画面を呼び出し、目の前に見せつけた。

彦太郎のにやにや笑いが、その一瞬で驚愕（きょうがく）の声に変じた。

「――はあ⁉　７００ＪＰ⁉」

廊下に出ていた他の生徒が、何事かと振り向くが、彼はまるで気にすることなく、スクナの端末を食い入るように見つめている。

「どーやったんだよ⁉　おまえのランクで、なんでたった数日でこんなポイント稼げるんだ？」

スクナのランクは最底辺の『ｅ』だ。受けられるミッションの難易度は最低であり、それゆえに報酬も最低である。ポイントが二桁に届くことはまずなく、７００は数日で稼ぐ額としては並外れていた。

もちろん種も仕掛けもある。

が、それをタダで教えてやるつもりなど、スクナにはかけらもない。

「さあな？　どうやったんだと思う？」

彦太郎の顔が引きつった。

「こないだの、仕返しってわけか」

「これくらい簡単に思いつくだろ？　おまえのほうが長くやってるんだからさ」

その言葉に、彦太郎の瞳が挑戦の色を帯びた。プロフィール画面を凝視しながら、顎に手を当ててぶつぶつとつぶやきはじめる。

「……地道にミッションをこなした、ってことはないよな。７００なんてその程度で稼げる数字じゃない。相当ヤバい橋を渡らないと。でも、ｅランカーが受けられるミッションなんて、たかが知れてる……」

へえ、とスクナは思う。

ノーヒントでまじめに考え込むとは思わなかった。《ｊｕｎｇｌｅ》にはポイントを稼ぐ方法は無数にあるが、それゆえに「どんな方法で稼いだか」なんて、わかるはずがないのに。

だが、考えてみればスクナも同じようなことをしたのだ。なにも材料がないところから必死に答えを導き出した。諦めるのが悔しかったからだし、推論を組み立てるのが楽しかったからでもある。

そして、今の彦太郎も、楽しくて仕方がないというように目を輝かせていた。

「スクナは《ｊｕｎｇｌｅ》初心者だ。ノウハウをほとんど知らない。『稼ぎ方』を学ぶ機会があったのは——俺のやり方を、見せたときか」

スクナは答えなかった。

ただ、口元が緩むのが押さえられなかった。

彦太郎はスクナをして、《ｊｕｎｇｌｅ》プレイヤーの才能があると言ったが——

「『この学校』で、あれと同じような事件が起きたなんて聞いてない。でも、おまえは『この学校』でやる必要はないよな。なにしろ五條家の一人息子だ。やろうと思えば、実家にいくらでも、売るべき個人情報は転がっている」

なんのことはない。彦太郎にだって、同じような才能があるのだ。

彦太郎は眉根を寄せ、確かめるような口調で、

「……おまえ、自分の家の情報を売ったのか？」

スクナは肩をすくめ、答えた。

「俺の家じゃない。俺の親父の、『友人』の情報さ」

政府高官を務めるスクナの父は、上流階級に多くの『友人』を持っている。スクナは慎重に
——ときに『グラスルート』を使い——父の部屋に忍び込み、その情報を抜き出したのだ。

もちろん、そんな方法で抜き取れる情報などたかが知れている。せいぜいが『友人』の端末アドレスくらいだ。それでも、無数にあるミッションの中には、ＶＩＰの個人情報を高く買ってくれるものが存在した。

スクナは肩をすくめる。

「だいぶ足下を見られた感じはあるけど、ま、こんなもんだろ。１ランカーになればもうちょっと良いミッションを受けられるみたいだし、それまでの繋ぎだ」

「だ、だからって、バレたらまずいだろ！　おまえも、おまえの親父も、まずい立場に追い込まれるんじゃ——」

「ちゃんと匿名で取引してる。アシはつかないよ」

それに、バレたらバレたで、別に構わない。

スクナは、ざらついた胸のうちで、そうつぶやいた。

自室に監視カメラを仕掛けられていた。その事実を知った瞬間からなにかが決定的に変化していた。今までは、息苦しく思いながらも刃向かう気になれなかった両親からの干渉に、はっきりとした反発心を抱いたのだ。

もしもスクナのやったことが露見すれば、スクナはなにかしらの罰を受けるだろう。だが、ダメージが大きいのはむしろ両親のほうだ。自分たちの立場を守るために奔走する、父の、母の、慌てふためいた顔を思い浮かべるたびに、暗い喜びが湧いてくるのだった。

と――

彦太郎が、ため息をつくような口調でつぶやいた。

「おまえ初心者なんだから、いきなりそんなヤバいことするなよ」

知ったふうな彦太郎の口ぶりに、むっとして答える。

「だから危なくないって言ってるだろ。こっちの素性はカンペキに隠してんだ。相手がなにか企んでたって、俺にたどり着くわけが――」

「それが甘いっつってんの。おまえにたどり着く方法なんていくらでもある」

スクナは敵意をむき出しにして言う。

「どうやるんだよ。言ってみろよ」

「俺がバラす」

「――――」

スクナは目を見開き、まじまじと彦太郎のことを見つめる。

が、彦太郎のほうはあっけらかんとしたものだった。軽く肩をすくめ、

「いや、バラさないけどな。でも、もし俺がそうしたら、おまえがやったことだってバレるだろ。なにしろ本人から教えてもらったんだから間違いない。そういう可能性がある時点で、『カンペ

キに隠してる』ことにはならない」

彼の口調は責めているわけでも諭しているわけでもなかった。

ただ、目の前にある事実を述べているというだけだ。

「《ｊｕｎｇｌｅ》はなんでもアリって言ったよな。それって逆に言えば、自衛をしっかりしてないとなにされても文句言えないってことなんだぜ。ＪＰ騙し取られても、身元バラされても、運営はなんにもしてくれない。ヤバい橋渡るなら、それなりに慎重にならなきゃな」

「…………」

スクナはしばらくのあいだ、むっつりと押し黙っていたが、やがてぽつりと、

「……残りの個人情報は、あとで消しとく。今やってる取引も中止する」

彦太郎はにかっと笑い、頷いた。

「そうしたほうがいい」

スクナは瞬きをして、その笑顔を見つめた。

なぜだろう、と不思議に思う。

彦太郎への反発心は、少しも湧いてこなかった。いつもなら、自分に指図してくる奴には間違いなく反抗していただろうに、今だけはすんなりと彼の指摘を受け入れていた。

たぶん、彦太郎の話すことが、いちいち理に適っているからだ。

だから腹が立たない。正しいことを言われて怒り出す奴はバカだろう、とスクナは思う。それに、彦太郎には『上から物を言う』というような感じが少しもない。自分が正しいと思うことを

言って、それをスクナにわかってほしいと思っているのだ。

今までの人生で、友人を作ったことはほとんどなかった。話していても遊んでいても退屈な奴か、あの三人組のように五條家に近づきたいクズしかいなかった。それゆえにこそ、スクナはひとりで遊ぶのが好きになったのだ。

けれど、目の前にいる少年は、どうやら違うようだ。

九絵彦太郎は、五條スクナが初めて出会った、『尊敬できる友人』だった。

「ま、稼いだポイントはポイントだ。うまく使えよ。──それよりさ、スクナ、今日の放課後ちょっと付き合えよ」

にひひと笑いながら、彦太郎は指さしてきた。悪巧みを持ちかけてくるかのような笑み。それを見るだけで、わけもなく楽しくなり、スクナは彦太郎に顔を寄せる。

「なんだ？　ミッション？」

「違う違う。俺、『アイテム』買ったんだ」

耳慣れない単語に、スクナは首をかしげる。

「ほら、おまえこないだ、超能力の話したとき信じてないみたいだったろ？　だから大枚はたいて買ったんだよ。見せてやろうじゃねえか、《ｊｕｎｇｌｅ》の異能を！」

そう言って、彦太郎はにやりと笑った。

◆

「『電撃』、アクティベート！」

朗々とした声を響かせ、彦太郎が端末を掲げた。

マンガの読み過ぎじゃねーの、やっぱこいつ尊敬するのやめとこうかな——とポケットに手を突っ込みながら思っていたスクナの目の前で、端末の画面が緑色に輝いた。

「え」

マヌケな反応をあざ笑うように、端末から緑の光がほとばしる。ジグザグの軌道を空中に描きながら、緑の稲妻は5メートルほど離れた場所にあるペットボトルを貫通した。プラスチックの溶ける化学的な臭いが漂う。

スクナは焼けたペットボトルに近づき、思わず、というように触れた。

「あちっ！」

瞬間、投げ出してしまう。土の上に落ちたペットボトルがじゅっと音を立てる。白い煙が風に散らされていく。

スクナの手には火ぶくれができていた。

「なにしてんだよ」

彦太郎はけらけらと笑う。その笑い声を背に、スクナは瞬きさえ忘れて、自分の手を見下ろしていた。

本物だ。

手品でも、トリックでもない。本物の超能力。

こんなものがこの世に存在しているなど、想像したこともなかった。ゲームはゲームであり現実ではない。普段からよくプレイするからこそ、スクナはそのことをしっかりと認識している
——そのつもりだった。

だが、これは。

いつか彦太郎が口にした言葉が、まざまざと蘇った。

現実の中でするゲーム。

それはきっと、喩えでもなんでもない、本当の事実だったのだ。

スクナは耳慣れぬ異音を聞いた。

どくどくと、脈打つ拍動。それは他でもない、スクナ自身の胸から聞こえてくるものだ。フィクションや空想の中にしか存在しなかった世界、そのひとかけらが、紛れもなく自分の目の前に漂っている——その事実が、スクナの心臓を高鳴らせていた。

が。

「どうだ？　ほんとだったろ？　俺の言うこと信じたか？」

得意げににやつきながらスクナの頬にぐいぐい端末を押しつけてくる彦太郎がムカつくのはそれとはまったく別の話だ。

よっぽど端末をたたき落としてやろうと思ったが、それは逆ギレでありカッコ悪い。少し考えて、別の切り口で反撃することにする。

「……これ、買ったって言ってたよな？　いくらだよ？」

そう尋ねると、彦太郎はすっと視線をそらし、小さな声で、

「……1k」

「たかっ！　昇格ポイントと同じじゃねーか⁉」

1kとは1000の略称だ。《.jungle》でランクアップするためにはポイントを消費しなければならず、eランクが1ランクに昇格するときに要するポイントが、ちょうど1000である。まっとうにそれだけのポイントを稼ごうと思えば、一ヵ月近くはかかるだろう。

「それに、使い捨てとか言ってなかったか？　まさか今ので終わりじゃないだろうな？」

「あ、当たり前だろ！　使い捨てっていうか、回数制限があるだけだよ！　まだまだ使えるしっ！」

「あと何回だ？」

「……四回……」

ということは、この『アイテム』とやらは五回で1000JP。ボッタクリもいいところだ。そして、あろうことか彦太郎は、200JPに相当する貴重な一回を、ペットボトル相手に使ってしまったのだ。

おそらくは、スクナに良いところを見せたいという、ただそれだけの理由で。

そう思った瞬間、こみ上げてくるものがあった。

ぶふっ、と吹き出すように息が出て、それからは爆笑が後に続いた。

「あっははははは！　なんだそれ、もったいねー！　おまえバカじゃねーのか⁉」

「う、うるっせーな！　別にいいだろ！　俺のポイントなんだから！」

「だからって、おまえ――こんなことで――」

「だって、こうでもしなきゃ、おまえ俺の言うこと信じなかっただろ！」

むきになった彦太郎がおもしろくて、スクナはさらに声高に笑った。もしもクラスメイトが今のスクナを見たら、目を剝いて驚いたことだろう。スクナ自身、自分がこれほど大きな声で笑えるということを、今初めて知ったのだから。

「ったく、そんなに笑うことねーだろ。いつも仏頂面のくせにさ」

言いながら、彦太郎もまた苦笑していた。スクナの大笑いに触発されたものらしい。

そうして、二人のプレイヤーは、しばらくのあいだ笑い合っていた。

「――しっかし、どういう仕組みなんだ、これ？」

ひとしきり笑ったあと、スクナは彦太郎の端末を、ためつすがめつ眺めた。

「端末に仕掛けがあるわけじゃ――ないよな。俺のと同じ機種だし」

「ああ。なんでも、《ｊｕｎｇｌｅ》専用のアプリのおかげらしいな。みんなは『異能アプリ』って呼んでるけど」

所属していれば超能力が使えるというのなら、確かにこれ以上画期的なＳＮＳはないだろう。爆発的に流行していてもいいようなものだが、アンダーグラウンドにいるのはそれなりの理由が

あるのだという。

彦太郎曰く――

「『異能アプリ』には、『スキル』と『アイテム』の二種類があるんだ」

『スキル』は恒常的に使える力のことだ。《ｊｕｎｇｌｅ》で超能力と呼ばれる場合、普通はこちらのほうを示す。これはｇランク以上に昇格するごとに、ひとつだけ選択できる力のことであり、無制限に使うことができる。数ある能力の中から、自分に合う能力をひとつだけ選び取り、自らの望む方向に成長させていくのだ。

一方で、『アイテム』はどんなプレイヤーでも使用することができる。ただし、こちらは使い捨て――今し方彦太郎が見せた通り、いちいち使うのに莫大なポイントを消費しなければならない。その代わり、スキルと併用して使うことで、さまざまな戦略を編み出すことができる。

「そのふたつを組み合わせて、高難易度ミッションをクリアする――ってのが、上位ランカーたちがやってることらしいな。ま、俺はまだまだ下位だから、聞いた話だけどさ」

「ふうん。組み合わせ次第では、いろいろできそうだな」

《ｊｕｎｇｌｅ》内のストアを眺めながら、スクナは感心したように頷く。

「ああ。スクナも、ｇになったらどれを選ぶのか、今から考えておいたほうがいいぜ」

「……そっか。俺も、使えるのか」

スクナは今まで『できないこと』が存在しない人生を歩んできた。だから、マンガや映画に出てくるような超人的な力を欲しいと思ったことはない。

スクナが『異能アプリ』を見て胸を躍らせたのは、それが、スクナの世界を打ち壊してくれるものだったからだ。

今まで、親や学校の連中によって押しつけられてきたもの——つまらない常識や現実を、まるごと覆すほどの、別世界。彼らには想像することもできない力を振るって、彼らの手ではとても届かない場所まで駆けていく——それは、なんと心躍ることなのだろう!

気づけば、スクナは端末を強く握りしめていた。

息苦しさからの逃避でもなく、両親への反抗でもない。

スクナは今こそ、《.jungle》の本当の魅力を思い知ったのだ。

「……そうだな。ああ、そうだ! 俺ものし上がってやる! そんで、もっとすげー力を使って、もっとでかいミッションをこなすんだ!」

「おう! その意気だ!」

彦太郎は笑いながら頷く。

彼の存在も、スクナにはありがたかった。《.jungle》を教えてくれたのも、その本当の魅力を見せてくれたのも、すべて彦太郎のおかげだ。

いつか、彦太郎と一緒に、さまざまな異能を駆使して、あらゆるミッションをクリアして行けたら。

それは、きっと、とてもとても楽しいことだろう。

スクナはそのとき、生まれて初めて、ワクワクしていた。

◆

その日の、帰り道。

「そんじゃな、また明日」

三叉路で、彦太郎はそう言って手を振った。

スクナが思わず足を止めたのは、話が佳境だったからだ。《ｊｕｎｇｌｅ》ストアのリストを見て、あれこれと組み合わせを話し合い、最高のコンボを思いついたところで、そんなことを言いはじめたのだ。

Ｙ字形の三叉路の、右側にスクナの家はある。左側に彦太郎は歩いて行こうとする。

スクナは無言のまま、彦太郎の隣に並んだ。

「――スクナ？」

驚いたような彦太郎の目に、スクナは唇をとがらせてそっぽを向く。

「たまには、遠回りしてもいいだろ」

彦太郎はぱちぱちと瞬きをする。その視線が腹立たしい。せっかくの無敵のコンボを、思わず忘れてしまいそうになるほどに。

「……そっか。それじゃ、少し付き合ってくれよ」

彦太郎は、それをからかうことはしなかった。にかっと笑った彼の顔に、スクナは仏頂面のまま、「別にいいけど」とだけ答えた。

それから、彦太郎は寄り道をした。

寄ったのは駅前のドラッグストアで、買い求めたのは猫の餌だった。1キログラムのドライフードの袋をふたつ、両手に持った彦太郎に、スクナは驚いたように尋ねた。

「おまえ、猫飼ってたのか？」

彦太郎は、ごく微妙な表情で目をそらした。

「別に、飼ってるわけじゃないよ」

その一言で、なんとなく事情を察することができた。黙々と歩く彦太郎のあとを、ついていく。

二人はやがて、町外れの空き地にたどり着いた。

雑草がぼうぼうに生えた空き地の片隅に、段ボール箱があった。

箱の中からは、にいにいと、ねだるような声が聞こえてきていた。

「最初は四匹いたんだ」

しゃがみ込み、餌の袋を開けながら、彦太郎は独り言のようにつぶやく。

「一匹が母猫で、残りが子猫。でも、母猫がいつの間にかいなくなってて、久しぶりに見に来たら、こいつ以外の二匹は、死んでた」

スクナは視線を巡らせる。少し離れた場所、ブロック塀の脇に、ふたつの小さな石が並んでいるのが見えた。

「こいつも死にかけてたけど、いろいろ調べて、ミルクとか、暖かいものを用意してたら、なんとか持ち直した」

「家に持って帰ったりしないのか?」

彦太郎はしゃがみ込んだままスクナを見上げる。弱々しい笑みが浮かんでいる。

「うち、動物とかだめなんだ。父ちゃ——、父親がそういうの、嫌いでさ」

「それじゃ——そうだ、《jungle》を使うのは? ミッションを出して、里親を探すとか」

彦太郎は乾いた笑い声を立てた。

「たぶん受けた奴は、ポイントだけもらって猫を保健所に送ると思うぜ」

「………」

スクナは沈黙し、しゃがみ込んだ。

薄汚い子猫だった。毛皮は汚れきっているし、尻尾は折れ曲がっている。夢中で餌を食べているが、顔を上げると目元が目やにで固まっていた。

彦太郎はティッシュを取り出して、その目元を優しく拭いてやる。

「触る?」

「……いいのか?」

マヌケな質問に、彦太郎は声を立てて笑った。スクナは仏頂面で、手を伸ばして子猫に触れる。

餌だと思ったのか、子猫はスクナの手のひらに鼻先を突っ込み、ふんふんとしきりに嗅いでいた。こそばゆい。スクナは口元をむにむにと歪めて、その感覚に耐えた。

やがて——子猫はスクナの手のひらに身体を押しつけ、寝息を立てはじめた。

くるくると、喉を鳴らす音を邪魔しないように、スクナは小声で文句を言う。

「……おい。どうすんだこれ、動けないぞ」

「動かなくていいんじゃないか？」

「おまえな！」

怒りを露にするが、下手に動かすと子猫が起きるかもしれない。苦虫を噛みつぶしたような顔で、スクナは子猫のことを見下ろした。

「こいつ、名前はあるのか？」

「ああ。そいつもナインだよ」

彦太郎のハンドルネームだった。紛らわしい名前つけるなよ、という目で彦太郎のことを見るが、彦太郎は『ナイン』を見下ろしながら笑っている。

「今が夏でよかったよ。親のいない子猫なんて、冬だったら生きていけない。それでもいろいろ危ないことはあるだろうけど、もう少し成長すれば、こいつもひとりで――」

「俺が」

なにかを考えるより先に、スクナは口を開いた。

「俺が飼うよ」

彦太郎は目を見開いて、スクナのことを見つめる。

「……たぶん、親は許してくれないけど、それでも飼う。飼えると、思う。うちは広いんだ。親も使用人も、目が届かない場所なんていくらでも思いつく」

「スクナ――」

「こいつだって、ここよりはマシなはずだ。使われてない倉庫で、箱とか毛布とか用意してさ、あとトイレもいるのかな。その辺はわかんないけど、あとで調べる。おまえも、会いたくなったら来ればいい」

スクナは怒っているかのような仏頂面をしている。彦太郎は目を丸くして、彼のそんな表情を見つめる。その視線に耐えられなくなって、スクナはまた子猫を見下ろした。

「もちろん、おまえがよかったらだけど」

言い訳めいた、もごもごとしたスクナの言葉に――

「――ああ！　頼むよ、スクナ！」

彦太郎は、輝くような笑顔で答えた。

スクナはおずおずと笑う。手の中で、子猫がくるくると寝息を立てている。

その体温を手のひらに感じながら、スクナはぽつりと意見を述べた。

「ところで、ナインって名前は変えちゃダメ？」

「ダメ」

◆

子猫『ナイン』の住処はすぐに見つかった。

五條邸の片隅には、木造の掘っ立て小屋がある。もともとは庭師の倉庫として使われていたのだが、庭道具は本邸の倉庫に置かれるようになったため、捨て置かれているものだ。両親はもちろんのこと、使用人さえ寄りつかないその小屋は、スクナの目的にはうってつけのものだった。

狭く薄暗い、その小屋の片隅に、必要なものを用意した。

まさかあの段ボール箱を持ち帰るわけにはいかなかったから、木で編んだ籠に毛布を敷き詰め、即席の寝床とした。子猫の『ナイン』は今までの場所から移されたことに抗議の声をあげていたが、毛布の下に放り込むとすぐにおとなしくなった。

えさ箱と水のボウル、それにトイレの砂。外に出すわけにはいかないから、しばらくはここで育てることになるだろう。狭い小屋を見渡しながら、スクナはひとり頷いた。

ここなら、きっと大丈夫だ。バレることはない。

ひとりで確信を得て、スクナは用心深く小屋から出、本邸へと戻った。

今日は、母と一緒に夕飯を食べる日だった。


「学校はどうだったかしら、スクナ」

赤い唇が、そのような言葉を紡いだ。

牛肉を丁寧に切り分けていたナイフが、ぴたりと止まった。

スクナは上目遣いに母のことを窺う。純白のテーブルクロス、銀の燭台の向こう、二人の使用人を左右に従えて、優雅な夕餉(ゆうげ)を楽しむ母の姿は、まるで一国の女王のようだ。

「別に、普通だよ」

「です」

「……普通、です」

母は少し首をかしげる。目線をわずかに動かすと、使用人のひとりが音もなく動き、そのグラスにワインを注いだ。

「お友達とは仲良くしているかしら？　最近、表情が明るくなったものね。楽しく遊んでいる？」

スクナは沈黙する。

友達と楽しく遊んでいるか、と尋ねられたら、答えはイエスだ。だが、それは母が用意した友達——二ノ宮の元取り巻きどもではない。九絵彦太郎という、頭が良くて快活な、ひとりの少年のことだ。

母が彦太郎のことを知ったら、どうなるだろう？

意に沿わぬものがスクナに近づくことを、母はよしとしない。二ノ宮の件を思い出すまでもなく、彦太郎の存在が母に知られれば、間違いなく彼を遠ざけようとするだろう。《：ｊｕｎｇｌｅ》などというものに母が理解を示すとは思えない。

自分のせいで、彦太郎が転校させられる。

そんな可能性を思い浮かべ、スクナはぞっとした。

少し考えてから、スクナは答える。

「はい。楽しく遊んでいます、お母様」

だからなにも心配することはない。

だから、なにも干渉せず、そのままにしておいてくれ。放っておいてくれ――

母はワインを一口飲み、微笑む。

「そう？　それならよかったわ。貴方の幸せが、私の幸せですもの――」

と。

不意に、その笑みが消失した。

椅子を蹴立てるように立ち上がる。がしゃん、と音がしてワイングラスが倒れ、ワインがこぼれてテーブルクロスを赤く染めた。凍り付くスクナに大股で近づくと、ナイフを握ったままの右手をがしりとつかみ、力任せに持ち上げた。

真一文字に結ばれた赤い唇から、軋（きし）るような声が漏れた。

「これは、なに？」

「――――」

スクナは凝然と、それを見る。

右手には火傷ができている。

今日の放課後、彦太郎に『異能アプリ』を見せられたときに負った怪我だ。自分の不注意によるものだし、そもそも今の今まで、スクナは自分が火傷をしたことさえ忘れていた。大して痛みはないし、すぐに治るだろうと思っていたからだ。

だが、母には違う。

「説明なさい、スクナ」

母はスクナのことを宝物のように思っている。宝石や指輪と同じ、彼女の所有物であるのだと。その所有物に傷がつけられたら、もちろん母は怒るだろう。所有物がなにを思っているかなど関係なく。

スクナは喘ぐような声で言う。

「な、——んでもないです。お母様。これは、ちょっと」

「ちょっと？　なに？」

「……昼に、熱い物を食べていて、それで、……指で、料理に、触れてしまって」

我ながら苦しい言い訳だが、他にはなにも思いつかない。彦太郎のことを口にするのは論外。授業で負ったといえば間違いなく学校側に確認するだろう。嘘が露見すれば、母は徹底的にスクナの周辺を調べ上げるだろう。

そうなれば、間違いなく彦太郎の存在は露見する。

彼女に彦太郎のことを知られれば、遠からぬうちに、別れが待っているだろう。

「…………」

母は沈黙したまま、じっとスクナの顔をのぞき込む。

スクナは呼吸を止めたまま、母の視線を受け止める。

「そう」

ぽつりとつぶやいて、母はスクナの手を離した。スクナは自らの右手を奪い返すように胸に引きつける。どくどくと、心臓が強く鼓動を打っていた。

再び、母は赤い唇に三日月のような笑みを浮かべると、その手を伸ばしてスクナの髪を撫でた。

「お母様は、急用ができたわ。もう行くけれど、ひとりで晩ご飯、食べられるわよねえ？」

鉛を飲み込むように、唾を飲み込んで、スクナは答える。

「はい」

「そう。良い子ね、スクナ」

ぎゅうっ、と一際強く頭を撫でて、母は踵を返した。

後ろ姿のスカートに、返り血のようにワインが跳ねているのが、いつまでもスクナの瞳に焼き付いていた。

◆

ファイブ：いる？
ナイン：いる。なんか用か？
ファイブ：別に用ってほどのことはないけど。
ナイン：じゃあなんだよ。寝れねーのか？
ファイブ：あのさ。おまえ、なにかなかったか？
ナイン：意味がわからん。

ファイブ：だから、その……
ファイブ：親とか、学校とかから、なんか言われなかったか？
ナイン：ああ、わかった。《．ｊｕｎｇｌｅ》のことか？
ナイン：言っただろ、《．ｊｕｎｇｌｅ》は匿名性がめっちゃ高いんだって。アプリアイコンを好きなように変えられるからぱっと見ただけじゃわかんないし、その気になればインストールされてることを隠すこともできる。おまえんち、いいとこだからバレるのが怖いんだろ？
ファイブ：ちげーよ！　そうじゃなくてさ！
ナイン：じゃあなんだよ？
ファイブ：だから……
ファイブ：なんでもない。
ナイン：なんなんだよおまえは？
ファイブ：なんでもねーってば！
ファイブ：ただ、学校のことでなんかあったら、絶対俺に言えよ。もしかしたらなんとかできるかもしれないから。
ナイン：いきなり気味悪いこと言うなよ……なんだよ、俺になにか起きるってのか？
ファイブ：わかんないけどさ。もしもの話だよ。
ナイン：はいはい、ご親切にどーも。
ファイブ：まじめに言ってんだぞ！

ナイン：じゃあまじめに答えるけど、もしそうなっても、俺はおまえに頼ったりしないぜ。《jungle》プレイヤーは自立が基本だ。いくらフレンドでも、そういうことはしない。おまえもそうじゃねえの？
ナイン：……。
ナイン：スクナ？　起きてるか？
ファイブ：起きてる。
ファイブ：わかったよ。おまえの言う通りだ。忘れてくれ。
ナイン：あっそ。じゃあもういいか？　明日の宿題まだ終わってねーんだよ。
ファイブ：はあ？　宿題なんて出された瞬間に終わらせとけよな。
ナイン：うっせ！　おやすみ！
ファイブ：おやすみ。

次の日も、その次の日も、彦太郎は学校に姿を現さなかった。

スクナはいろいろと気を揉(も)んだが、なにができるわけもない。チャットではああ言ったが、もし母が彦太郎を遠ざけようとしたとき、スクナにできることは驚くほど少ないのだ。

母はスクナのことを愛しているし、彼の欲するものを与えようとする。

だが、スクナの意見によって自分の意見を変えることはまずないのだ。どれだけ懇願しても、母は自分のしたいようにする。そこに、スクナの声は届かない。

だからといって、手をこまねいて見ていることなどできない。

彦太郎は、生まれて初めての、ただひとりの、尊敬できる友達なのだ。

その友人が、自分のせいで、どこか遠くへ行ってしまう。

考えただけで背筋が凍えた。

今までに、こんな恐怖と不安を抱いたことはなかった。母の行いに、息苦しさと嫌悪を感じることはあっても、恐ろしさを感じることはなかったのに。

気がつけば、スクナは部屋を抜け出して、小屋に向かっていた。

扉をそっと開ける。端末の明かりを頼りに、片隅に置いてある籠を見つける。

毛布にくるまれて、子猫のナインはぐっすりと眠っていた。

と、スクナに気づいたか、ナインはつぶらな瞳で彼のことを見上げた。にいにいと、甘えた声をあげながら、籠をよじ登って這(は)い出して、地面にこてんと転んでしまう。

「あ、こ、こら——」

慌ててナインを拾い上げると、今度はスクナの腕をよじ登ってきた。どうすればいいのかわからず、されるがままにしているうちに、ナインはスクナの肩にまで到達し、首筋に自分の頭をこすりつけて、そこで丸まってしまった。

温かく、こそばゆかった。

スクナは頬を緩める。片手を添えて、ナインが落ちないようにする。

小屋の片隅に腰をおろして、彼はぽつりとつぶやいた。

「……俺が、守んなくちゃな」

独り言に応ずるように、ナインが、にい、と鳴き声をあげた。

◆

というような決意を固めた、次の日。

帰りの支度をしていたスクナのところに、彦太郎がひょっこりと現れた。

「よっ、スクナ。そろそろ1ランカーに——あいたたたたたっ！」

いつも通りの明るい笑みと共に、軽く手を上げる彦太郎の襟首を強引につかんで、スクナは廊下へと出た。彦太郎が抗議の声をあげる。

「なっ、なにすんだ！　痛いじゃねーか！」

「うるせーよ！　なんで休んでたんだよ!?」

彦太郎が学校に来ないあいだ、いろいろと悪い想像をしていた。もしかしたら転校の準備なのかもしれないとか、親に自分に近づかないよう言われたのかもしれないとか。

だから、彦太郎ののんきな笑顔が、余計に腹立たしかった。

が、そんなことを知るよしもない彦太郎は、けたけた笑いながら言った。

「悪い悪い。ちょっと最近ミッションで忙しくってさ」

彦太郎が学校を休んでいたのは、どうやら仮病だったらしい。《ｊｕｎｇｌｅ》のミッションをこなすために、学校に行く振りをして街を駆け回っていた、というのだから、スクナは呆れ果ててしまった。

スクナは気が抜けて、壁にもたれかかった。

じろりと彦太郎をにらみつける。心配していた自分がバカみたいだ。

と、そのとき、あることに気づいた。

彦太郎の額——右目の上あたりが、少しだけ腫れている。

「それ、どうしたんだ?」

スクナが指で示すと、彦太郎は「ああ」と声をあげ、

「ミッション中にちょっとぶつけたんだよ。別に心配するようなことじゃない」

「誰も心配なんかしてねーよ」

「だと思った。そんなことよりさ、これからミッションに行かね?」

目を輝かせる彦太郎に、スクナは不思議そうに、

「ミッションって、二人でいけるミッションがあるのかよ?」

「なんだ、知らないのか? 今緊急ミッションが出てるんだぜ!」

「緊急ミッション……?」

聞き慣れない単語を不思議に思いつつ、《ｊｕｎｇｌｅ》を起動して『ミッション』のタブを開く。

すると、一番上の段に、確かに『緊急ミッション』という文字が躍っていた。他のミッション

とは異なり、赤く大きなフォントが使用されている。

タイトルは、『緊急ミッション：上神町調査』。

『緊急ミッションを発動します。ミッション内容は上神町の調査です。上神町内の町並みや通路を、写真、および動画に記録してアップロードしてください。写真は一枚につき5JP、動画は一分につき50JPを報酬とします。上神一丁目近辺の映像には倍の報酬を支払います。詳細は以下の通り――』

スクナは息を呑む。

「これって、この辺のことか？」

「そう！　だから、チャンスなんだよ！　発動されたのはついさっきだから、ほとんどのプレイヤーは気づいてないぜ！」

彦太郎は興奮している。それはそうだろう。上神町の、しかも一丁目といえば、まさにスクナたちが通っている上神小学校の周辺のことだ。このあたりを写真に撮るだけでJPになるのだという。土くれが金塊に変わるかのような話だ。

「よし！　行こうぜ！」

スクナは端末を握りしめ、大きく頷いた。彦太郎の興奮が移ったかのように、胸がどきどきしはじめていた。


上神町は、都心の、さらに中枢に位置する高級住宅街だ。

隣接する下神町は政府施設が集中する官庁街であり、政府機関に所属する人々が多く住み暮らしている。特に要人が住む邸宅の門前などには、警察官が配備され、怪しい人影がないかを見張っているのだ。

スクナは手始めに、そんな警察官を写真に収めた。

「………………」

警察官は眉根を寄せただけで、なにも言ってはこなかった。

「まずは5ＪＰ！」

「どんどん行こう！　どんどん！」

二人で声高に言い合いながら、次々に写真に収めていく。

上神町を東西に貫く片側二車線の大通り、建設中の巨大なビル、広大な駐車場、ひしめくように立ち並ぶ商業ビル、広々とした公園と、そこで追いかけっこをする幼児たち――

注意深く見渡せば、スクナたちと同じように写真を撮っている人々は何人かいた。サラリーマンや女子高生や主婦、どう見ても七十を超えている老人までもが、端末を構えて町並みを撮影している。中にはおおっぴらに撮り過ぎて、警察官に職務質問を受けているものもいた。確かにその姿は不審である。

スクナたちが見とがめられる可能性は低かったが、なんとなくそういう奴らと同じに見られるのはイヤだったから、人気のないほうへと移動しはじめた。

「行こうぜ、スクナ！」

「あ、待てよ！」

上神町の表通りは美々しく整備された都会だったが、ひとつ裏道に入ると古びた町並みが広がっていた。すれ違うのにも苦労しそうなほど狭い路地裏に、天幕のように枝葉が覆い被さっている。

木漏れ日の下、彦太郎とスクナは小走りになりながら、目につくものをすべて写真に収めていく。

木造家屋の縁側で、膝に猫を乗せた老婆がうたた寝をしていた。

側溝のすぐ脇に、時代遅れの赤いポストが立っていた。

謎めいた商店の前に、狸(たぬき)の像が三匹並んでいた。

スクナはそれらを、新鮮な驚きと共に写していった。

「俺、こんなとこ、初めて来るかも」

写真を撮りながら、スクナが漏らしたつぶやきを聞きつけて、彦太郎は呆れたような顔をした。

「おまえの家、この辺だろ？　探検とかしなかったのかよ」

スクナはかぶりを振る。彼が知っている上神町は、学校までの大通りと、その周辺くらいのものだ。寄り道をしたり、買い食いをしたり——『探検』をする選択肢など、与えられなかった。

そのような『下品』な真似を、母が許すはずがないからだ。

彦太郎は首をかしげ、それからあっけらかんとした声で、

「ふーん……。ま、いっか。じゃ、俺が案内してやるよ！」

「おまえは詳しいのか？」

「このあたりは、俺の庭さ！」

自信満々にそう言って、彦太郎はにかっと笑った。

コンクリートで固められた小川を、一足で飛び越した。

見知らぬ犬に吠えかけられ、端末を取り落とした彦太郎を笑ってやった。

ブロック塀に飛び乗って、家々の隙間を縫うように駆けていく。

なにもかもが、スクナの知らない、新しい世界だった。

その世界を切り取るたびに、ＪＰが上昇していく。新たな世界を切り開くための力が、積み重なっていく。スクナはそれに夢中になり、次々にシャッターを切った。

やがて、見知らぬ世界が、夕焼けの色に染まりはじめる頃——

不意に、端末から電子音が鳴り響いた。

『緊急ミッション終了！　ただいまより累計ジャングルポイントの計算に入ります。これ以降の撮影はポイントに換算されませんのでご注意ください！』

ミッションの終わりを告げられ、スクナと彦太郎は、同時に顔を見合わせた。

「何枚撮った？」

「二百枚くらいかな。たぶん、これでランクアップだ！」

スクナがそう言うと、彦太郎はにやっと笑う。

「そんじゃ、ぱーっと祝おうぜ！」

彦太郎は身を翻し、来た道を戻りはじめた。スクナはそれについていく。

二人がたどり着いたのは、途中で見かけた狸の像がある店だ。狸の像が抱えている看板には、『だがし』という文字が書かれている。

スクナはきょとんとして、それを見つめた。

「だがし、ってなんだ?」

「マジか! ——いや、まあ、そうだったな。おまえ、お坊ちゃんだったな」

呆れたような口ぶりに、スクナはむっとする。しかし、彦太郎は頓着することなくガラス戸を開け、店内に足を踏み入れた。

狭く、薄暗い。戸棚や籠にぎっしりと詰められている物体は、スクナにはよくわからないものばかりだ。

手に取ってみると、袋の中に極彩色の、グミのようなものが入っていた。新種の毒物のように見えたが、もしかしたら食べ物であるという可能性も捨てきれない。

「スクナそれにすんの? じゃ俺も」

と、彦太郎が、スクナの手からそれを奪い取った。

「いやっ、あの——」

「ばあちゃーん、お金、ここ置いておくよー」

「あいよー」

スクナの声を無視して、彦太郎は無人の上がりかまちにお金を置いて、ついでに冷蔵庫からサイダーを取った。店員が顔さえ見せないという斬新なシステムに驚く暇もなく、スクナは彦太郎に連れ出され、狸の隣に腰をおろす。

「俺の奢り(おご)だ。昇格祝い！」

極彩色のグミの袋を手渡され、スクナはまじまじと見つめてから、恐る恐る口を開く。

「なあ、これ……」

食べられんの？　と聞こうと思ったのに、彦太郎はまったく意に介することなく、ぱくぱくと食べていた。どうやら本当に食べ物だったらしい。

封を開く。

中からごろごろと出てきた物体を、スクナが食べたと知ったら、おそらく母は卒倒することだろう。

だからスクナは、目をつぶり、意を決して、それを口に放り込んだ。

「…………」

「どうだ？　うまいか？」

無邪気に尋ねてきた彦太郎に、スクナはなんとも言えない表情で、

「……ケミカルな味がする」

「それがいいんだろ。そのうちクセになるぜ？」

「クセになりたくねーよ」

スクナはサイダーを喉に流し込んだ。

ふう、と息をついて、スクナは横にある狸の像を見つめる。

「こんな店があるなんてことも、全然知らなかった」

「言ったろ、この辺は俺の庭だって。他にもこういう場所、たくさんあるからな！」

へええ、と素直に感心して、何の気なしに尋ねる。

「それじゃ、おまえの家もこの辺なんだ？」

その途端、彦太郎から、笑みが薄らいだ。

「……ん、まあ、そんな感じかな」

複雑な表情の彦太郎に、それ以上聞くことは憚(はばか)られて、スクナは口を噤んだ。

家のことは、話したくないのかもしれない。

スクナとて聞きたいわけではない。今までの『ご学友』と彦太郎はまったくの別物だ。彼はスクナが五條家の人間であるということを知っているが、それに囚われることはない。スクナ自身を見ている。

だから、家のことなんてどうでもいいんだ。

「そっか」

スクナはぽつりと答え、空を見上げた。

夕焼けに染まった空を、大きな飛行船が一隻、横切っていく。

謎グミを口にし、サイダーを飲みながら、スクナはふと疑問を口にした。

「それにしても、緊急ミッションってなにが緊急だったのかな？」

「え？」

「いや、街の調査を緊急にするって、なんかヘンじゃないか？　急いで街を調べなくちゃいけない理由って、一体なんなんだろうなって」

彦太郎は腕を組み、考えはじめる。

「……確かに、怪しいといえば怪しいな。そもそも報酬が高額すぎる」

「そもそも、あのミッションを出したの誰だ？　緊急ミッションなんて、今まで聞いたことないぞ？」

スクナは充電中の端末を開き、『ミッション』のタブを開く。終了したミッションでも、履歴の項目から詳細を確認することができるのだ。彦太郎も同じようにしながら、説明をしてくれた。

「緊急ミッションは、名前の通り緊急性の高いミッションだよ。リストの一番上に来るから目につきやすいんだけど、手数料が高いからみんなあんまりやらない。そもそも発動できるのは上位ランカーだけだからな。で、出したのは――」

『H.N』。

それが、緊急ミッションを発動したプレイヤーの名前だった。

ただのイニシャルとおぼしき、味も素っ気もないハンドルネームだ。ユーザーページに飛んでみても、ほとんどの情報が非公開になっている。上位ランカーであることに間違いはないのだが、それ以上はなにもわからなかった。
H.Nのページをぼんやりと眺めながら、スクナは口を開いた。

「せっかくだから、推理してみようぜ。こいつの目的」

「乗った」

彦太郎のミッションを推理したときのように、スクナのJP稼ぎを推理したときのように、このH.Nとやらがなにを目的として緊急ミッションを発動しようとしたのか、それを推理してみようというのだ。

「町並みを撮影しろって言ってたよな。カメラマンとか？」

「素人の撮った写真をプロが使うわけないだろ。自分でやればいいだけの話だ」

「じゃ、とにかく数が必要だったってことかな？　自分ひとりじゃ手が回らないから、たくさんのユーザーを利用した？」

「ひとりで撮りまくってたら警官に注意されるもんな。でも、大勢でやれば、ひとりふたり捕まっても写真は手に入る。それに――」

スクナはミッション詳細の一文を指さす。

「ここ、『マップに載っていない裏道はボーナスを進呈』ってある。裏道とか抜け道の情報が欲しかったってことか」

「なんのために？」

「ぱっと思いつくのは、まあ――下調べ、かな」

「なんの？」

「そうだな、なにかの資料とか――」

「逃げ道とか？」

何気ない一言に、二人の笑みが消えた。

不穏な言葉だ。全貌が把握しきれない分、余計に想像が搔き立てられる。二人は顔を引きつらせながら、なおも『推理』を続ける。

「逃げ道って、誰の？」

「逃げるってくらいだから、犯罪者だろ」

「たとえば、強盗とか？」

「政府の建物があるんだから、テロリストのほうがありそうじゃね？」

沈黙。

カラスが鳴く、かあかあという声が、マヌケに響き。

二人は同時に笑い出した。

「ま、まっさかあ！　そんなこと、あるわけねーよ！」

「だ、だよな！　ないない！　テロリストなんて日本にいるわけねーし！」

笑いながら、どこか乾いた響きが混じっていることを自覚した。確かに、そんなことはまずないだろう。だが、ないわけではないのだ。

第一、今さらどうにもならない。もう送信してしまったのだ。H．Nがなにを企んでいようと、自分たちがそれをどうこうすることなどできない。

それでも、一度覚えた空恐ろしさを消すことはできず、スクナは端末をのぞき込んだ。

そのとき、端末がファンファーレのような音を鳴らした。

オウムをデフォルメしたキャラクター——ジャンぴぃのホログラム映像が現れ、スクナと彦太郎、二人の周囲を舞い踊る。

『緊急ミッション達成！　ジャングルポイント、２７４５点加算！』

『ランクアップ！　ファイブは《ｊｕｎｇｌｅ》１ランカーに昇格しました。コングラッチュレーション』

自身のマイページ、そのランク表示が、日付が変わるようにカシャンと音を立てて変化した。『ｅランカー』から『１ランカー』へ。それに伴い、今まで制限されていた機能も、また解除されていく。新たなランクのミッション受注権、ミッション発動の権利、ＡＲ機能の使用権——。

またひとつ、スクナは自分の世界が広がるのを感じた。

横を見ると、彦太郎が快活な笑みを浮かべながら、サイダーの瓶を掲げた。

「昇格おめでとよ、スクナ！」

「……ありがとよ」

口元を歪めて笑い、スクナと彦太郎はサイダーの瓶を打ち合わせた。

ああ、そうだ。

《ｊｕｎｇｌｅ》は、スクナの力の源だ。両親にがんじがらめに縛られて、決められたレールをただ歩かされていたスクナに、新しい世界を見せてくれた窓なのだ。

どれだけ得体が知れなくても、失うことは考えられない。

それは、彦太郎を失うことと同じくらい、恐ろしいことだった。

「おい？　スクナ？」

我に返る。彦太郎が自分のことを呼んでいたらしい。

「あ、ああ。なんだ？」

「猫のナインの様子はどうかなって思ってさ」

「あー、元気すぎて困ってるくらいだよ。こないだなんか俺の肩に乗ってきてさ――」

「えっ、なんだよそれ。俺にもそんなことしなかったのに！」

ぶすっとした顔をする彦太郎に、スクナは笑い声を立てながら言った。

「それじゃ、今度会いにこいよ。あいつも喜ぶぜ、きっと！」

「……ああ、そうだな。そのうちな」

彦太郎はかすかに笑い、サイダーを口に含んだ。

◆

その日は、早くに目が覚めた。

「……六時か」

つぶやいている途中であくびが出た。スクナは端末の電源を落とし、それを寝間着のポケットに落とし込んで、ベッドから立ち上がった。

ナインを迎え入れてから、普段より早い時間に起きなくてはならなくなっていた。面倒を見るのが自分しかいないのだから当然だ。学校に行く前と帰ってきたあと、それぞれにナインの世話をする時間を設けなくてはならない。

そっと部屋から抜け出して一階へと向かい、使われていない客室の窓から抜け出した。この『脱出経路』は『グラスルート』を使って確保したものだ。使用人がいない時間帯、いない場所を選んで、規定時間内に駆け抜ける。幸い、今まで一度も使用人に出会ったことはなかった。

だから、安心していた。見つかるわけがないとタカをくくっていた。

扉を開けたスクナは、それが思い込みに過ぎなかったことを知った。

小屋から、ナインがいなくなっていた。


「――――」

どくん、と心臓が強く鳴った。

どこかに隠れているのかと思った。相手は子猫だ。思いも寄らないところに潜り込んでいるのかもしれない。

だが、小屋のどこにもそのような隙間は見当たらなかった。声も聞こえない。いつもはスクナが来たら、うるさいくらいに鳴いて、まとわりついてくるのに。

空の籠と、冷たくなった毛布が、そこにあるだけだった。

なみなみと注がれた水のボウルをのぞき込む。少しも減っていない。どこかで喉を渇かしていないだろうか、腹を空かせてはいないだろうか。そもそも、どこに行ってしまったのか――ボウルの中には、不安に満ちた自分自身の表情が映っていた。

呆然と自身を見下ろしている、その背中に。

甘い声が絡みついた。

「スクナ」

びくりと身を震わせる。

目を見開いたまま、後ろを振り返ると——小屋の入り口に、母が立っていた。

赤い唇に笑みを浮かべて。

両手に、真っ白な子猫が入った籠を抱えて。

「欲しいものがあるなら、お母様に言えばいいのに」

凍り付いたように動かないスクナに、母はにっこりと微笑みかけると、白い子猫が入った籠をスクナの足下に置いた。白い子猫は、最初からそうしつけられていたかのように微動だにせず、じっと目の前を見つめていた。

乾いた口の中から、ようやく言葉が溢れた。

「——ナインは?」

母は首をかしげ、やがて得心がいったように、

「ああ、あの汚いのなら、処分したわ」

そう言った。

笑いながら。

そう言ったのだ。

「猫が欲しかったのね、スクナ。それならちゃんとしたのを飼いなさい」

その手がスクナの髪を撫でる。宝物を愛でるように。

「あんな薄汚い野良猫に触れてはいけません。引っかかれて、病気にでもなったらどうするの？私のかわいいスクナに、そんなことはさせられないわ」

スクナは白い子猫を見下ろした。

行儀良く、おとなしく、籠の中で座っている。その首には、金色のチェーンと赤いリボンで彩られた、高級なアクセサリーがつけられている。

首輪だ。

子猫を見下ろすうちに、どす黒い感情が湧き上がってきた。今まで何度か味わったことのある感覚だ。こいつらが自分に友人をあてがおうとしたとき。こいつらに自分の部屋が監視されていると知ったとき。こんな感情が湧き上がってきた。

今までは飲み込むことができた。制御することができた。それを露にしたら、二度と戻れないということを、心のどこかでわかっていたからだ。

だが、今は。

これを飲み下したら、自分のどこかが、確実に壊れてしまうだろうと思った。

だからスクナは手を伸ばし、水が注がれたボウルを取った。ぎらりと母親をにらみつけると、赤い唇から笑みが消えた。

それを見ても恐怖は湧いてこなかった。それよりも強く、どす黒い感情が――『憎悪』が、スクナの内側を満たしていたからだ。

「誰が――」

水の入ったボウルを、振り上げて。

「猫、欲しいなんて言ったよ!!」

スクナはそれを、子猫めがけて叩きつけた。

ボウルは直撃しなかった。近くの壁にぶつかり、盛大に水しぶきを跳ね上げた。それがかかった子猫が、悲鳴をあげて籠から飛び出した。小屋の隅に逃げ込んで、怯(おび)えたようにスクナのことを見上げた。

その視線に、黒い感情が、潮が引くように消えていった。

あいつは、なにも悪くないのに。

わけもわからずここに連れてこられて、見も知らない誰かの代わりにさせられただけなのに。

八つ当たりをした自分が恥ずかしく、また情けなかった。母と同じ種類の人間になってしまったような気がした。自身の『憎悪』が、自身に向けられるのを、スクナは感じた。

その一方で――

母の顔からは、一切の表情が消えていた。能面のような無表情。赤い唇を一文字に引き結んで、じっとスクナのことを見つめている。

スクナがそれを見返すことはしなかった。だが、弁解をすることもなかった。恐れていたわけではない。口を利くことさえ汚らわしかったからだ。

永遠とも思える沈黙のあと、母がぽつりとつぶやいた。

「そう。わかったわ」

そして彼女は踵を返し、薄暗い小屋から出て行った。

あとに残されたスクナは、なにもしなかった。その場にしゃがみ込んで、膝のあいだに顔を埋めた。ナインが自分を呼ぶ声や、すり寄ってくる毛皮の柔らかさや、ふんふんと嗅いでくる鼻息のこそばゆさを思い出して、スクナは肩を震わせて泣いた。

白い子猫は、そんなスクナをじっと見つめていた。


次の日、スクナは家のゴミ箱から、白い子猫がつけていた首輪を見つけた。

スクナがいらないと言った物は、そうなるのだ。

◆

彦太郎になんて言おう。

ベッドの中で、スクナはそのことだけを考えていた。

答えは出ない。出るはずがなかった。彼が見つけ出し、世話をしてきた子猫のナインを、引き取ると言い出したのはスクナだ。それが、両親に見つかって処分されてしまったなどと、言えるはずがなかった。

ナインをなくしてからというもの、スクナは自室に閉じこもり、学校へ行くことはおろか食事さえ拒んで、ずっとそのことを考えつづけた。

両親がしきりに自室のドアを叩き、何事か説得めいた言葉を口にしていたが、声を聞くたびに『異能アプリ』で焼き払いたくなる衝動を、必死になってこらえなくてはいけなかった。

彦太郎に、なんて言おう。

《ｊｕｎｇｌｅ》のマイページを開き、そこに彦太郎からのメッセージが積もっていくのを見るたびに、スクナの胸に答えのない問いが重なっていった。

ぐるぐる巡る思考の中で、スクナは端末を弄るだけの存在になっていた。《ｊｕｎｇｌｅ》に、無数に並ぶミッションを見つめるだけで、この現実から逃げることができたからだ。

現実はすぐに追いついてきた。

そのときスクナが『グラスルート』を起動していたのは、偶然ではなかった。部屋に引きこもった自分を、両親が強制的に連れ出そうとしないか、警戒していたのだ。

『グラスルート』で閲覧できるのは最下位セキュリティの監視カメラだけだが、部屋のドアを破られようとすれば察知できる。そうなったときにどうするかは決めていなかったが、おそらく『異能アプリ』のアイテムを使うことになるだろうと予想していた。

しかし、そうはならなかった。

監視カメラに映ったのは、屈強なガードマンではなかった。よれたスーツを着た中年の男と、そいつに連れられているひとりの少年だった。

「……彦太郎？　なんで……？」

呆然とつぶやいた、自分の言葉で、スクナは一気に覚醒した。

なんでもなにもない。彼の存在が両親にバレたからだ。

スクナは総毛立つのを感じた。ベッドから跳ね起きて、自室のドアに駆け寄り、開けようとして思いとどまった。

ドアの外には見張りがいる。いつスクナが出てきても対応できるようにと、母が寝ずの番を配置したのだ。ここから出て行けば、すぐに捕まって、別のところに移されるだろう。そうして、二度と彦太郎に会うことはできなくなる。

ドアはダメだ。もっと、別の脱出口――

振り返る。窓の外、3メートルほどの距離に、庭木の幹が見えた。窓枠から跳び上がったとしても、届くことはできないだろう。

普通の人間なら、そうだ。

だが、スクナは《ｊｕｎｇｌｅ》のプレイヤーだった。

端末を取り出して、迷わず起動する。

lランカー権限、アイテム『身体強化』を発動。

瞬間、緑色の電流が端末からほとばしり、スクナの全身を駆け抜け、宙に消えた。

だが、その力はスクナに残っていた。心臓が鼓動をひとつ打つたびに、自分のものではない力が血管を巡り、筋肉がその力を飲み込んでいく。端末に浮かび上がるカウントダウン。どういう理屈かは知らないが、この時間がなくなるとき、この力もなくなる。

つまり、無駄にする時間はないということだ。

スクナは窓を開き、跳び上がった。信じられないほどの跳躍力は、3メートルを補って余りあった。勢いがつきすぎて木の幹を通り過ぎそうになり、手を伸ばしてしがみつくと、そこを起点にしてぐるりと回転した。体操選手のような機動に目が回りそうになりながら、スクナは枝から枝に飛び移り、転がるように着地した。

スクナは裸足のまま駆けだした。

駆けて、なにができるわけでもなかった。両親はスクナの意見など聞き届けてはくれないだろう。むしろ、自分たちに反抗するようになった原因として、彦太郎をより危険視するかもしれない。

だが、指をくわえて今の状況を見ていれば、一生後悔するだろうという予感があった。

監視カメラの位置から、彦太郎が今いるであろう場所を逆算する。普段は使われていない応接室のひとつ。屋敷の外壁に沿って大回りに走っていく。

応接室の窓に取り付いて、そっと中をのぞき見て――

そしてスクナは、一生後悔することになった。

「報告ご苦労」

大仰な椅子に腰かけながら、父がそう言った。

執務机を挟んだ反対側には、中年男と、そして、彦太郎が立ち尽くしている。

中年男は媚びるような笑顔を父に向けていた。その横に佇む彦太郎は、仮面のような無表情で、ただ自分のつま先を見つめていた。

どくどくと、心臓が早鐘を打ちはじめた。

この光景を見つめていれば、自分の大切なものが失われる。

そのことがわかっているのに、目を離すことができない。

「君は貧しいが、あの子と対等に話せる頭脳があったため、特例として友達に取り立ててやっている」

スクナの呼吸が止まった。

窓越しに聞こえる会話は、悪夢のようにおぼろげで、現実感のないものだった。

「驕らず謙虚に務めるように。今月分の金は振り込んだ」

「ありがとうございます！　ほら、おまえもお礼を言いなさい」

中年男はぺこぺことお辞儀をしながら、彦太郎の後頭部に手を当てて、ぐっと力を込めた。彦太郎はそれに抵抗することもなく、されるがままに頭を下げる。なにか、力ない言葉をぶつぶつとつぶやいている。

礼を言っているのだ。

父に対して。

五條家の、力に対して。

父は背もたれに身体を預け、二人のことを見下ろす。

「だが、最近の付き合いは度が過ぎるようだ。スクナが反抗的になったのは、君の悪影響なのではないかと妻が懸念している」

中年男の顔がさっと青ざめた。

「没落した九絵の人間が、曲がりなりにもあの学校に通えているのは、誰の口添えがあってのことか。もう少し自覚してほしいものだな」

「もっ——、申し訳ありません！　おい、おまえ！」

彦太郎の頭を、中年男が乱暴につかんだ。彦太郎はされるがままになっている。ぶつぶつとなにかをつぶやいているのは、謝罪を、しているのだろうか。

もうイヤだ。

もう見たくない。

彦太郎の、友達の、あんな姿なんて、見たくなかった。

けれど——その『友達』も、結局はあいつらが用意したものに過ぎなかったのだ。

ひとしきり、彦太郎が折檻（せっかん）を受けるのを眺めてから、父が手を上げて制止した。

「そういうことは、私の目が届かないところでしてくれ」

「はっ！　か、重ね重ね——」

「もういい。それより、今はスクナだ」

その名前を耳にして、彦太郎が、のろのろと顔を上げた。

「ここのところずっと部屋に引きこもっている。君を呼び出したのはスクナを説得させるためだ。うまく言いくるめて、部屋から連れ出せ」

「も、もちろんでございます！　彦！　すぐ準備しろ！」

「……あの」

そのとき、初めて彦太郎が、はっきりと声を出した。

「スクナ、ずっと休んでますけど……病気とかじゃ、ないんですか？」

ふん、と鼻を鳴らして、父は馬鹿にするように目を細めた。

「健康に問題はないそうだ。どうも最近、こっそり野良猫を拾ってきたらしくてな。それを処分したらへそを曲げたらしい。まったく、これだから子供は」

「…………っ！」

彦太郎が硬直する。その小さな拳を固める。

「代わりが欲しいのならなんでも用意してやる。だから早くなんとかしろ。今の状態が続くのは、外聞が悪い」

自分のことしか考えていない、父の言葉を聞いて。

《ｊｕｎｇｌｅ》の異能によって強化されたスクナの手が、ぎしりと窓枠を鳴らした。

その音に気づいたのは、彦太郎だけだった。

彼の目だけが動き、スクナの姿を捉えた。

視線が合ったのは、ほんの一瞬のこと。

けれど、見開かれたその瞳の色を、スクナは一生忘れることがないだろう。

スクナは窓から身を離した。もはやこの場にいる理由をすべて失った。『身体強化』はまだ効果時間内にある。彼はその力を存分に使い、駆けた。

邸内の庭を駆けながら、涙がぼろぼろとこぼれた。

生まれて初めての友達だった。生まれて初めて、尊敬できる、自分よりもすごい奴だと思っていた。

いろいろなことを教えてもらった。想像したことさえないような強大な力と、すぐ近くに転がっていたのに気づきもしなかった新しい世界。自由な空気を呼吸して、肩を並べて遊んだ思い出は、きらきらと輝く宝石だと思っていたのに。

それは宝石ではなくて、大人によって用意されたガラス玉だった。

なにもなくなった。ワクワクと高鳴る胸の鼓動も、鮮やかに輝く新しい世界も、すべてが消えてなくなった。

今、スクナの周りにあるのは、吐き気を催すほど薄汚い大人たちと、そいつらが与えた偽物だけ――

いや。

「……違う」

ぽつりと、スクナはつぶやく。

同時に、手の中の端末が、電子音声を響かせた。

『アイテム・身体強化の効果時間が終了しました。効果時間を継続する場合、追加でジャングルポイントを——』

「効果継続」

『声紋認証を確認しました。ジャングルポイントを消費して、効果時間を継続します』

彦太郎は偽物だった。両親がスクナのために用意したまがい物。スクナの隣にいるときも、一緒に笑っていたときも、あいつは腹の底でスクナを馬鹿にしていたのだろう。

けれど、すべてが偽物だったわけじゃない。

この力は——《ｊｕｎｇｌｅ》だけは、本物だ。本当の力。本物の世界。その窓を通した向こう側に、新しい世界が広がっている。それだけは真実だった。

そして、今、涙を拭ったスクナは、また異なる世界を目にしていた。

その世界において、スクナは自由だった。スクナは孤独だった。ただひとりの友人を失ったスクナは、今、自分をこの場所に縛り付けるものはなにもないことを発見した。

かつて彦太郎と垣間見た、胸躍らせる世界は永久に失われ、寂寞（せきばく）と荒れ果てた世界だけが、スクナの目の前に広がっている。

けれど、もはやそこに飛び出していく以外に、方法がない。

スクナはそう思い極めて、奥歯を噛みしめながら足を踏み出した。

五條スクナが《:ｊｕｎｇｌｅ》の異能を駆使し、持てるだけのものをすべて奪って、五條の家から行方をくらましたその日——

上神町を、大量の賊が襲った。

彼らは複数の政府高官宅を同時襲撃。警備に当たっていた警官たちを事もなく制圧すると、国家機密に属する情報を軒並み奪い取り、上神町の裏道や路地の陰へと消えていった。

その鮮やかな手口と、警官たちの『通常ではありえない身体能力』という証言から、警視庁はこの件を大規模なベータ・ケースと認定。捜査指揮権を《セプター４(フォー)》へと委譲した。

そのことをスクナが知ったのは、ずっと後になってからのことだ。

第二幕　ジャイアントキリング

篠突く雨が、深緑色のレインコートを叩いている。

屋上の金網を焼き切って、その縁に腰かけてから、もう三十分ほどにもなる。スクナはレインコートの中から防水防弾ケースの端末を取り出し、のぞき込んだ。端末が放つ緑色の光が、フードの奥に隠れていた幼い顔を照らし出す。

端末には、付近のマップが映し出されている。マップ上を移動する緑の点がふたつ。それを追跡するように青い点が、複数。

《ｊｕｎｇｌｅ》のクランズマンと、《セプター4》のクランズマンだ。

今夜のミッションは大がかりなものだった。来月に販売予定の最新式端末、そこに内蔵されるＩＣチップを、設計データごと強奪するというものだ。成功報酬で１５００ＪＰ。ＩＣチップを目標地点まで運んだプレイヤーには、さらなるボーナスが用意されている。上位のランカーにとっても、かなり『おいしい』ミッションだった。

もちろん、重犯罪である。捕まれば実刑は免れまい。それゆえに、参加するプレイヤーは『本気』の――《ｊｕｎｇｌｅ》に人生をかけているレベルのプレイヤーだけだ。

最初のうち、計画は成功裏に進んだ。

『襲撃チーム』が異能アプリを駆使して開発企業に奇襲をかけ、データとICチップを奪い取る。その後、速やかに離脱して『逃走チーム』に合流。あらかじめ用意しておいた逃走経路を利用して散開し、あとで再合流、その後ミッション発行者に受け渡す計画だ。

合流までは、うまく行った。

想定外だったのは、合流地点が《セプター4》によって張られていたことだ。チームは一網打尽になった。かろうじて逃げ出した残りの二人も、今や袋のネズミだろう。彼らが逃げる路地裏は、すでに《セプター4》によって封鎖されている。

「いたぞ！　こっちだ！」

「経路Cにて目標を発見！　応援を願います」

激しい雨音に混じって、青服たちが呼び合う声が聞こえてくる。彼らが捕まるのは時間の問題だろう。

スクナは立ち上がった。

肩に担いだ長杖(ちょうじょう)は、彼の武器だ。異能アプリを使用することで、あらゆる状況に対応する武器を作ることができる。

近づいてくる足音を聞きながら、スクナは端末を操作する。

uランカー権限、スキル『身体強化』をアクティベート。

uランカー権限、スキル『雷の刃』をアクティベート。

緑の稲妻が端末からほとばしり、スクナの全身に走った。一際強力な電流が、右腕から長杖へと流れ込み、緑色に揺らめくエネルギーの刃を形作る。

しゅうしゅうと、雨滴を蒸発させる音を間近に聞きながら、スクナはつぶやく。

「ミッション、スタート」

そして、スクナは眼前の空中に、足を踏み出した。

小柄な身体を重力があっという間に捉えた。室外機やビル壁面を蹴りつけて、重力加速度にさらに加速を上乗せする。降りしきる雨より高速に、スクナはぐるぐると落下して——

二人の《ｊｕｎｇｌｅ》ユーザーの前に、着地した。

「なっ……!?」

二人は顔を仮面によって隠している。自分の正体を隠すための、《ｊｕｎｇｌｅ》ユーザーの常套手段（じょうとうしゅだん）だが、スクナには臆病者の証のように見える。

そんなものを身につけているから、逃げ惑う羽目になるのだ。

地面に膝を突き、長杖を肩に担いだままの体勢で、スクナは彼らの背後をちらりと見る。角を曲がった青服が、こちらを指さしてなにかを叫んでいた。

「そこにいろよ」

それだけを言い置いて、スクナは駆け出した。

深緑色のレインコートが雨の中に跳ね上がる。みるみるうちに青服の二人組が接近してくる。

反撃されるなんて予想もしていなかったのか、今さらのようにサーベルに手を掛けようとしていた。

「さ、佐山、抜刀――!」

はん、とスクナは笑った。

遅すぎる。バカにしてんのか?

数歩の距離まで迫った瞬間、スクナは大きく踏み切って跳躍、頭上からエネルギーの刃を叩きつけた。青服の片割れはサーベルを上げてそれを防ごうとして、そのまますり抜けたエネルギーの刃に胸を貫かれた。

「がっ!」

『フィールド』を張らないサーベルなどただの鉄棒だ。相棒の犠牲でそのことを理解したか、残る片方がもう少しマシな動きを見せた。抜刀と同時に『フィールド』を展開、刺突を繰り出してきた。

「ハハッ!」

スクナはぎらりと笑い、その手を支点にぐるりと長杖を回転、石突きで青服の顎を跳ね上げにかかる。青服はサーベルの峰で防御、そのまま力任せに長杖を押さえつけようとした。

その石突きに、エネルギーの刃が生まれた。

スキル『雷の刃』の特性――物質に付与したエネルギーを、どのような形状にも変化させ、どこからでも発生させられる。

槍の穂先のようになったエネルギーの刃が、まっすぐに突き出されて青服の太ももに突き刺さった。緑の電気が青の防護を『改変』、無防備になった肉体に、思うさま強力な電流を注ぎ込む。

やがて青服は力尽き、相棒の上に折り重なるように倒れた。

「こ、殺したのか……？」

《ｊｕｎｇｌｅ》ユーザーのひとりが、裏返った声でそう尋ねた。

スクナは青服の端末を奪い取りながら、馬鹿にしたように答える。

「そんなヤバい橋渡るわけないじゃん。気絶させただけだよ」

『第七班！　どうした、応答しろ！』

《セプター４》の端末からは、彼らの上官とおぼしきものの声が響いてきていた。スクナは自らの端末に口を当て、ボイスチェンジャー機能を作動させる。

「こちら佐山。『マル能』は経路ＣからＤに移動しました。封鎖を要請します」

『了解した！　経路Ｄの封鎖を開始！　人員をそちらに集中させろ――』

「ばーか」

倒れた青服の上に、彼の端末を捨て置いて、スクナはぺろっと舌を出す。

それから、スクナは呆然としている二人を振り返り、顎でしゃくった。

「逃げるなら今のうちだぜ。捕まりたくなきゃついてこい」

そうして、彼は前を向き、歩き出した。


「――助かったよ！　本当にありがとう！」

「まったくだぜ！　上位ランカー様々だな！」

薄暗い地下道に、わんわんと反響するような大声で、二人組の《ｊｕｎｇｌｅ》ユーザーはスクナに感謝の言葉を述べていた。

一方で、スクナは長杖を肩に担ぎながら、振り返りもせずに言う。

「この場所、よく抜け道として使ってるんだけどさ、本当はショッピングモールの作業用地下通路だ」

「へえー！　そうなんだ！」

「よく知ってるなあ！」

「俺が言いたいのは、俺たちは逃走中で青服がどこに網張ってるのかわかんないのに、なんでそんなバカみたいな大声出せるのかってことなんだけど」

スクナがそう言うと、二人組はミュートでもかけられたかのように沈黙した。

そのまま、三人は黙々と歩きつづけた。

作業用の地下通路から、地下鉄の線路へと出る。枕木を踏みしめながらしばらく歩き、扉を開いてさらに下へ。下水道の異臭に顔をしかめながら、曲がりくねった通路を歩いて行くと、やがて開けた場所に出た。

鎮目町（しずめちょう）の端にある商業施設の、地下駐車場だ。

二人組の片割れが、きょろきょろと落ち着きなく見回しながら言う。

「も、もう振り切ったかな？」

スクナは端末を確認し、頷いた。

「ああ。ここまで逃げれば、もう大丈夫だろうさ」

彼がそう言うと、二人は揃って破顔した。

「そ、そうか！　よかった！」

「ああ。よかったな」

スクナはにこりともせず、そう言って。

『雷の刃』をそいつの胸に突き刺した。

「――――、え？」

そいつは、笑顔を引っ込めることさえできなかった。自分の胸に突き刺さった、緑色の電気の刃を、なにかの冗談かのように見下ろしていた。

直後、刃が引き抜かれると同時に、そいつは激しく痙攣し、地面に倒れた。

片割れがたじろぎ、一歩後ろに引いた。

「なッ、なにしてんだよ⁉　おまえ、俺たちを助けてくれたんじゃ――――！」

「助けてやったよ。だから礼をしてもらおうと思ってな」

ひゅんひゅんと長杖を回転させながら、スクナは片割れに近づく。

「おまえらが奪ったＩＣチップと設計データ、渡してもらおうか」

「ッ……⁉　ま、まさか、最初からそれが目的で……⁉」

スクナは口元を歪める。笑ったのではない。呆れたのだ。

「マジで言ってんのか？　当たり前だろ。なんで俺が、なんのメリットもなしにおまえらを助けなくちゃいけねーんだよ。俺はミッションの詳細見て、横からかっさらえるんじゃないかって思ってあそこにいただけだよ」

スクナは容赦なく近づいていく。片割れはさらに後ろに下がろうとして、足をもつれさせて転んでしまった。

「で、どっちが持ってるんだ？　正直どっちでもいいんだけど、怪我しないうちに早く出せよ」

それでも、片割れは手を前に突きだして、スクナを制止しようとする。

「待て！　待ってくれ！　わかった！　渡すから！　ちょっと待ってくれ！」

「なにを待つんだよ」

「わ、渡すから――このミッションは、俺たちとおまえの協同でクリアしたってことにしてくれないか!?」

必死の懇願に、スクナは「はん」と鼻を鳴らした。

「協同でミッションクリアすれば、おこぼれがもらえる、ってことか？」

「そ、そうだよ！　俺もこいつも、このミッションに参加するために、アイテムを使いまくっちゃったんだよ！」

よくあることだ。高難易度のミッションは巨大な報酬を受け取ることができるが、そのためにアイテムを大量に使用しなければならない。その結果、報酬よりも消費したポイントのほうが多いという、『赤字』になることも少なくない。

まして、アイテムを大量に使ったにもかかわらず、ミッションが失敗したとなれば――

彼は相棒をちらりと見て、言いつのる。

「俺はまだいいけど、こいつは『強奪チーム』だったから、『アイテム』を大量に使ってる！　ここで失敗するとポイント減算でゼロになっちまう！　そうなったらアカウント剝奪だ！　それだけは、勘弁してくれ！」

スクナは目を細めた。

「こいつとは、ずっと一緒にやってきたんだ。大事なフレンドなんだよ！　だから、頼む！　ここで見逃してくれたら、あとで必ず手を――」

最後まで聞くことなく、スクナの『雷の刃』が、彼の喉を貫いた。

「他人の手なんていらない」

崩れ落ちるプレイヤーを、淀(よど)んだ目で見下ろしながら、スクナはぽつりとつぶやいた。

「俺はずっと、ソロプレイヤーだ」

◆

外に出ると、雨はすでに止んでいた。

スクナは深緑色のレインコートを脱ぎ捨てて、フェンスへと向かう。2メートルほどの金網は、クランズマンにとっては何の意味もなさない。スクナは一足でフェンスを飛び越して、歩道へと着地した。

「ご苦労」

その背中に、不意に声がかけられた。

弾かれたように振り返る。同時に長杖を突き出し、いつでも『雷の刃』をアクティベートできるようにする。

夜闇の中、街灯に照らし出された光の下、そいつは音もなく出現していた。

その外見を一言で表現するのなら――『忍者』だ。特殊部隊を思わせる真っ黒な装束、各所に電子的な光を灯らせた頭部装甲は頭巾に似て、極めつけは背中に巨大な手裏剣を背負っている。

この手裏剣は二本のブレードに変化することを、スクナは知っている。

スクナはそいつの名を呼ばわった。

「受領地点はここじゃねえだろ、『黒子(くろこ)』」

漆黒の忍者――黒子は、軽く肩をすくめた。

「既定の時刻をとうに過ぎていたのでな。様子を見に参った」

電子的なディストーションのかかった声からは、性別も年齢もわからない。黒子の仮面は、他の《ｊｕｎｇｌｅ》ユーザーのものとは異なる特注品だった。正体を隠すという目的こそ同じだが、その徹底度合いが違う。

ハンドルネーム『黒子』は、トップクラスのｕランカーだ。

誰ともつるむことなく、それゆえに、素顔も正体も誰にも知られていない。ほとんどのミッションを単独でこなすが、十に一度ほどの割合で協同ミッションを行うこともある。

まだ下位ランカーであった折、スクナは黒子と協同でミッションに当たったことがあった。《セプター4》を相手取った危険な戦闘においても、黒子は卓越した状況判断能力を示し、見事にミッションを成功に導いた。

優秀なランカーは《ｊｕｎｇｌｅ》に数多くいるが、黒子はその中でも群を抜いている。ただ戦闘能力に優れているのではない。状況を冷静に分析する、その判断力こそがこいつの強みなのだと、スクナは考える。

その黒子は、今回のミッションの発行者であった。

「ほらよ」

先ほどのプレイヤーたちから奪ったデータとチップを、端末ごと放り投げる。黒子はそれを器用に受け止め、頭部装甲の前にかざした。目に当たる部分がちかちかと明滅し、レーザーの走査光が端末を貫く。

「確認した。ｕランカー権限により、カテゴリＣミッション３７８１の達成を通告する」

途端、スクナの端末からジャンぴぃが現れ、場違いに明るい声をまき散らした。

『ミッション達成！　ミッション達成！　ジャングルポイント、１５００点を――』

スクナは途中で報告音をキャンセルした。

それから、彼は黒子のことを、疑いに満ちた眼差しで見つめる。

「どういう風の吹き回しだ？　こんなミッション、おまえひとりでできただろ」

答えが返ってくると思ったわけではなかった。黒子は無駄話を嫌うし、それ以上に自らの目的を探られることを嫌う。「お主には関係ない」の一言で断ち切られるだろう、とスクナは予想していた。

その予想は、しかし、裏切られた。

「私には他に為すべきビジネスがあった。それゆえ手空きのプレイヤーを代わりにしたまでのこと」

「……？」

黒子から答えがあったということに、自分で尋ねておきながら違和感を覚えた。違和感はすぐに警戒心へと変わる。長杖をだらりと下げながら、さらに尋ねる。

「なんだよ、その、『他のビジネス』ってのは」

黒子は答えた。

「三ヵ月前、ある政府高官の子息が姿を消したらしい」

警戒の色が、どろりと濃さを増した。

スクナは沈黙したまま、周囲の気配を探った。誰かが潜んでいる気配は感じられない。少なくとも、今のところは。

街灯の下、彫像のように立ち尽くしながら、黒子は続ける。

「最初は誘拐が疑われたが、時が経っても身代金の要求がない。さらに調査を進めた結果、その子息は実家から大量の現金や貴金属を持ち出していたことが判明した。つまりは単なる家出だったというわけだ」

「…………」

「しかし警察の捜査力をもってしても、その行方は杳として知れぬ。『表』の不甲斐なさに業を煮やした高官は、『裏』にその捜索を依頼した。それが、巡り巡って私のところにまで届いたというわけだ」

俺はこいつに勝てるだろうか、と自問する。

難しいだろう。さっきのプレイヤー二人とはワケが違う。スクナが知る限り、黒子は最強のプレイヤーだ。全力で逃げにかかっても、成功するかどうか。

だが、その選択肢は、スクナの中にはなかった。

逃げない。

家を出てから今に至るまで、行方をくらますためにあらゆる手段を使った。《ｊｕｎｇｌｅ》を介して貴金属を処分し、居場所をくらまし、追っ手が近づいていないかを警戒しつづけてきた。そこまでしてなお、もしも見つかったときは、暴れるだけ暴れてやろうと心に決めていた。

負けるのはいい。

だが、逃げるのだけは、イヤだ。

心臓が鼓動を速くしていく。恐怖でも緊張でもない、自暴自棄にも似た、高揚のためだ。

「それで？」

どす黒い感情が、血流に混じって全身に巡り回っていく。

「そいつは捕まえられそうか？」

その感情こそが、スクナの原動力だ。偽物の世界に自分を押し込めようとした奴らへの、怒りと、嫌悪と、憎しみこそが、荒涼とした《ｊｕｎｇｌｅ》を生き抜く術となった。

「容易いことだ」

虚ろな視線をスクナに向けながら、黒子はそう答える。

スクナは引きつるように笑った。

「――やってみろよ」

戦って、勝つことはできないだろう。

だが死ぬまで戦うことはできる。

あそこに戻るくらいなら死んだほうがマシだ。

スクナはそう思い極め、片手で端末を操作し、『雷の刃』を――

「クワーッ！」

不意に響いた鳥の鳴き声に、スクナはびくりと手を止めた。

目だけを動かして、音の場所を特定する。

黒子を照らし出す街灯に、一羽のオウムが止まっていた。自分で水を差しておきながら、なぜこいつらは戦わないのだろう、と訝(いぶか)しむように、首をかしげて二人のことを見下ろしている。

「……《緑の王》」

黒子はオウムを見上げもせず、ぽつりとつぶやいた。その手には、いつの間にか、二本のブレードが出現している。

「手出し無用に願う。このビジネスはお主らと関わりのないことだ」

オウムは何度か首を振り、そして、人語を発した。

「肯定です、『黒子』。プレイヤー同士の諍いに俺が関知することはありません」

若い男の声だ。平坦で無機質。それゆえに、底知れぬ何かを感じさせる。

――こいつが、《緑の王》か。

《ｊｕｎｇｌｅ》の中で、まことしやかに噂される存在に触れたのは、これが初めてだった。このオウムが《緑の王》――というわけではないのだろう。単なる媒介に過ぎない。ある意味では、噂通りだ。

《緑の王》は決して姿を見せず、しかし《ｊｕｎｇｌｅ》のすべてを知っている。

黒子はやはり、振り返りもせず口を開く。

「では、何用だ」

「今し方、新たな『討伐ミッション』が発動しました。そのことを報せに来たのです」

「…………」

黒子の仮面がちかちかと明滅する。《緑の王》が口にした『討伐ミッション』の詳細を確認しているのだろう。スクナは攻撃を仕掛ける隙を窺うが、二本のブレードは油断なく構えられている。つけ込む隙は見当たらない。

しかし、黒子はその構えを解いた。

「……なるほどな。そちらのほうが、より効率の良いビジネスになりそうだ」

「理解していただけて感謝します」

スクナは眉根を寄せる。自分だけ蚊帳の外にいるのが最高にムカついた。

「おまえら、なんの話してんだよ？　さっさと始めようぜ」

「断る」

「ああ!?」

「お主の捕獲は取りやめにする。安心するがいい」

「……ッ！」

我慢の限界が訪れた。スクナは『雷の刃』をアクティベート。長杖の先端から、緑色に輝くエネルギーの刃が現れた。

「おまえが取りやめたって、俺のほうではそういうわけにはいかねえんだよ！」

叫んでスクナは地面を蹴った。鎌のように湾曲した刃が、空気を裂いて黒子に迫る。

黒子はそれを紙一重で回避した。踊るようなステップで後退、続くスクナの追撃を、高く跳躍してさらに躱す。宙返りをして着地、さらにバク転を重ねて後退して、フェンスの上に降り立った。

腕組みをして見下ろす黒子の頭部装甲が、嘲るように明滅する。

「悪いが子供の癇癪に付き合う暇はない。呉れてやったポイントで子守でも雇うがよい」

それだけ言い残して、黒子はふっと地面に向かって倒れ込み、緑の波紋を残して地中に吸い込まれた。

スキル『土遁』。触れた物質を『改変』し、一瞬だけ透過することを可能とする。その神出鬼没の移動力こそが、黒子をしてuランカー最強と言わしめる所以になっている。

「くそっ!」

スクナは腹立ち紛れに『雷の刃』を地面に叩きつけた。ばちばちと電磁が弾ける音がして、アスファルトが削れる。

それから、スクナはオウムのことをぎらりと見上げた。

「余計な邪魔してくれたな」

オウムは、二度、三度、首をかしげる。

「今のが邪魔だったとは思えません。むしろ、きみと黒子の戦力差を考えれば、助けになったと思います」

「ンだと!?」

「なぜ怒りを発するのですか、ファイブ。疑問です。きみの聡明さなら、そのくらいのことはわかっているでしょう」

スクナは唇を噛み、ただオウムをにらみつけた。

こいつの言ってることは正しい。あのまま黒子と戦っても、十中八九は敗れていただろう、そうして連れ戻されていただろう。あの、牢獄のような家に。

それを考えれば、オウムの一声が助けになったことはわかる。

だが、気に入らないことに変わりはない。

「誰がそんなこと頼んだんだよ。ムカつくぜ、おまえ」

「きみは、敗色が濃い戦闘を望んでいたということですか」

「王様気取りで高いところから見下して、なにもかも見透かしたような口ぶりが気に入らねえっつってんだよ」

ばさり、とオウムが羽を動かした。黄色いくちばしを夜空に向け、甲高く騒ぐ。

「オマエッ！　ナマイキ！　ナマイキ！」

それからすぐに元に戻り、理知的な声を響かせる。

「コトサカ、静かにしてください。——失礼しました。俺の友人は、あまり感情を抑えることをしないのです」

友人——という言葉に、胸の奥がうずくのを感じた。

それを押し殺すように、スクナはささくれ立った言葉をぶつける。

「ふん。鳥がお友達か？」

「肯定です。コトサカは俺の友人であり、目であり、口であり、唯一の自由です」

《緑の王》はこともなげに言って、またオウムが首を振る。

「俺が高いところにいるのは、コトサカがそう望むからです。その位置関係上、俺がきみを見下ろすのは仕方のないことです。そこに他意はありません」

「……はあ？」

「見透かしたような口ぶりであるのは、実際に俺がきみより多くの情報を得ているからです。それにもやはり、他意はありません」

スクナは唇をへの字に曲げて、思う。

こいつはつまり、「自分は偉そうにするつもりはない」という弁明をしてるのか？

いや、と思い直した。『弁明』という感じではない。これは、『説明』だ。「自分は偉そうにするつもりはない」という根拠を挙げて、それが事実であると『説明』している。

スクナは口を開いた。

「おまえバカか？」

オウムは首をかしげ、答える。

「わかりません。そう言われたのは初めてです」

「…………」

スクナはしばらく沈黙してから、『雷の刃』を引っ込めた。

身構えているのがバカらしくなったからだ。《緑の王》は裏からなにもかもを操ってほくそ笑んでいる——というイメージを勝手に抱いていたのだが、それは間違いであったらしい。黒幕というよりも、ただの変人のようだ。

長杖を肩に担ぎ、スクナは踵を返した。

「帰る」

背後から羽音が聞こえた。振り返る間もなく、スクナの行く手の電信柱に、オウムが降り立つ。

眉根を寄せて見上げたスクナに、《緑の王》は落ち着いた声を響かせる。

「五條スクナ。俺はきみに興味を抱きました」

「なに？」

「なぜきみが負けるかもしれない戦いを望んだのか、俺はその答えを知りたいです。しばらくのあいだ、俺はきみのことを観察することにします」

やめろ。鬱陶しいから。

そう言おうと思い、口を開きかけたところで気が変わった。どうせこいつはなにを言ってもその通りにするのだ。《緑の王》の観察――あるいは監視から逃れることは、不可能ではないにしろ多大な労力を支払うことになるだろう。苛つくと言えばその通りだが、それだけの労力を費やしてまで逃れる気にはなれなかった。

だからスクナは、代わりに言った。

「おまえの名前は？」

オウムが首をかしげる。それを見上げ、スクナは鼻を鳴らす。

「一方的に、なにもかも知られるってのは気に食わない。せめておまえの名前を教えろよ、《緑の王》。ハンドルネームで構わない。それすらイヤだってんなら――」

とん、と石突きで地面を突き、スクナはにやりと笑う。

「……オウムって食えるのかな？」

「クワッ!?」

オウムがびくんと反応し、反射的に飛び立った。それでもそこから飛び去ることはせず、ばさばさと飛び回りながら、落ち着いた《緑の王》の声を響かせる。

「わかりました。俺としてもコトサカの安全は担保してあげたいです。お教えします」

スクナはにやにやと笑う。《緑の王》を言い負かしてやったという気になってきたからだ。

だが、その笑みは、すぐに消え去ることとなった。

「俺のネームは『H.N』です。見知っておいてください」

「――――」

『H.N』。

その名前には、見覚えがあった。

彦太郎と一緒に行った緊急ミッションの、発行者だ。

そのときは、自分たちの集めた情報がどのように利用されるかなんて予想もしていなかった。

いや、予想はしていたが、それが現実のものになるという『覚悟』はかけらも持っていなかった。

スクナにとって《jungle》は魅力あるゲームであり、人生を左右するほど重大なものであるとは思っていなかった。

それを思い知ったのは、あの日だ。

三ヵ月前、スクナが家を出た日。

上神町に、大規模な強盗団が出現した。

彼らは多くの政府高官宅に襲撃をかけ、機密情報を根こそぎに奪っていった。日本の根幹を揺るがすような大事件は、しかし、いまだにひとりの逮捕者も出していない。それが《jungl e》によって主導されたものであるということは、プレイヤーたちにとっては周知の事実であった。

彼らは上神町の裏道や抜け道を、まるであらかじめ知っていたかのように駆使し、逃走したのだという。

スクナはその事件を知ったとき、心の底から冷えるような感覚を覚えた。なんとなれば、その抜け道を調べたのは、自分たちだったからだ。

「……そうかよ」

スクナはかすれた声でつぶやいた。

その内心に気づいたか、気づかなかったか、H.Nは、飛び回りながら続けた。

「それでは、これからよろしくお願いします、ファイブ」

スクナがそれに応じることはなかった。夜の闇に沈む街に向かって、彼は足早に歩きはじめていた。

◆

「ういっす、たーだいま、っと!」

両手に抱えたスーパーの袋を、勢いよく床に放り出して、磐舟天鶏はどっかりと座布団に腰をおろした。

「イワサン！　オカエリ！　オカエリ！」

緑の羽毛を持つオウム――コトサカが、さして広くもない部屋の中を飛び回る。破れかけた障子戸に古ぼけた畳、そろそろ具合が怪しくなってきた冷蔵庫の扉には、さまざまな生活の知恵が書かれたメモが貼ってある。

そんな、昔ながらの四畳半の中央に、まったく似つかわしくない存在があった。

「おかえりなさい。イワさん」

《緑の王》、比水流。

全身を拘束服で束縛され、車椅子に乗せられている。機械的なデザインの車椅子は特注品で、普段は格納されているアームによって、ある程度の生活は営めるようになっている。

だから、流をひとりにしたところで心配はなかったはずだが――

「おい流。飯食っとけって言っただろ！」

ちゃぶ台の上に、冷め切った朝食が残っているのを見て、磐舟は説教じみた声をあげる。

「ごめんなさい。今の作業が終わったら、すぐに食べます」

答えながら、しかし流は磐舟のことを見もしない。彼を軽んじているからではなく、目の前の光景に熱中しているからだ。

流の眼前には、《ｊｕｎｇｌｅ》が浮かんでいる。

いくつものホログラム・ウィンドウが宙に浮かび、ひっきりなしになにかしらの情報を映し出している。磐舟天鶏も比水流と同じ『王』であるが、その情報がなにを意味するのかはさっぱりわからない。情報処理に関して《緑の王》と比肩する存在は、おそらくこの世に存在しないだろう。

　が、それはそれとして。

「おまえ俺が出かけるときも同じこと言ってただろうが！　中止だ中止！　言うこと聞かないとバッテリー抜きますよ！」

　業を煮やした磐舟が、車椅子のバッテリーに手を掛けて脅すと、流はぴくっと反応した。しばしの間のあと、ホログラムが順々にブラックアウトしていく。

「すぐ食べます。ですからバッテリーは抜かないでください」

「ったく……」

　車椅子からアームが伸びて、炊飯器から茶碗に飯を盛りはじめた。器用である。十年以上もの車椅子生活によって、流はアームをまさしく手足のように動かすことができるのだ。

「いただきます」

　フォークとナイフでシャケを切り分けて、ご飯と一緒に口に運ぶ。もきゅもきゅと口を動かす比水に、磐舟はあぐらを掻いたまま尋ねる。

「しかしまた、ずいぶん熱中してたな。なんかおもしろそうなものでも見つけたか？」

「はい。おもしろそうなものを見つけました。とてもとても、おもしろそうなものです」

　おしんこをフォークに刺しながら、比水は目を細める。その瞳の中に、一瞬だけ、緑色の電気がスパークした。

「三ヵ月前の襲撃で得た情報のうち、最重要機密に類されていた『唯識システム』と呼ばれる存在の正体が、ようやくつかめたのです」

「おお……？」

磐舟は首をかしげる。彼もまた《ｊｕｎｇｌｅ》の一員だが、そういった襲撃指示だの機密情報だのといった実務に関してはからきしであった。

おしんこを噛み砕き、流は続ける。

「以前も説明しましたが、『唯識システム』は公式にはその存在を秘匿されています。理由は、このシステムが国民の人権とプライバシーを著しく侵害するためです」

こういう話をするときの流は、実にいきいきとしている。それは結構だが、やはり育て方を間違えただろうか。

「『唯識システム』の本質は、広域ネットワークを利用した完全監視体制の確立にあります。このシステムが一度起動されれば、公共に設置された監視カメラはもちろんのこと、国民ひとりひとりが持つ端末の通話記録に至るまで、あらゆる情報が国家の管理下に置かれることでしょう。その上で、彼らは目標とする情報や人物を特定できる――極めて強力で、それゆえに危険な代物です」

磐舟は頷きをひとつ返し、答える。

「なるほど。わからん」

「…………」

流は咳払いをしてから、簡潔にまとめた。

「要するに、俺たちの居場所がバレるかもしれない、ということです」

「おいマジかよ！　やべーじゃねーか！　お、俺、今度から買い物行くとき変装したほうがいいかな⁉」

ようやく飲み込めて、慌てふためく磐舟に、比水は首を横に振る。

「今のところ、その必要はないでしょう。『唯識システム』は、いまだに試験段階さえ通っていません。実用はまだ先になりそうです」

ふうむ、と磐舟は腕を組み、

「だが、対策は取る必要はあるな」

「はい。とりあえず、『上』の行動範囲内にある公共監視カメラはすべて支配下に置きました。イワさんがカメラの前に出ても、『唯識システム』が認識することはないでしょう」

磐舟はほっと息を吐いた。

自分で言うのもなんだが、磐舟天鶏は比水流の『切り札』だ。切り札は秘されているからこそ意味を持つ。唯識だかなんだか知らないが、自分の存在がバレてしまうことは、いざというときまで避けなければならない。

「にしても、國常路のじいさまもずいぶん思い切ったことしたな？　そのナントカシステム、マスコミにでもバレた日にゃ大問題になるんじゃねえか？」

「当然、そうなるでしょう。しかし、《黄金の王》ならびに《非時院》は、このシステムには積極的に関与していないようです。運用に主に関わっているのは、《セプター4》です」

十二年前の迦具都事件以来、欠けていた七王のうち、最後に現れたのが現在の《青の王》、宗像礼司だった。先代の《青の王》が遺したクラン《セプター4》を瞬く間に掌握し、異能犯罪を取り締まる組織としての機能を取り戻させた。

味噌汁の椀を傾けながら、比水は淡々と感想を述べる。

「このように危険なシステムに手を出すとは、新しい《青の王》はなかなかの自信家のようです。もっとも、その自信に見合うだけの能力が彼にあるかどうかは、疑問です」

それから付け加えるように、ぽつりとつぶやく。

「羽張迅ならば、こんなものを使おうとはしなかったでしょう」

その言葉を聞いて、磐舟は天井を見上げ、思った。

——だとよ、羽張。

先代《青の王》羽張迅とも、また彼のクラン《セプター4》とも、磐舟は面識があった。彼がまだ鳳聖悟という名であり、灰色のクラン《カテドラル》を率いていた頃の話だ。

だが今は、そのすべてが存在しない。

羽張は死に、鳳は磐舟となり、《カテドラル》は全滅した。宗像は旧《セプター4》の人材をほぼ一新したのだと聞いている。名前だけが同じの、それは別の組織ということだろう。

すべては過去へと流れ去り、ただそれを記憶する己だけが残されている——。

そんな感慨を、磐舟はため息と共に吐き出した。

「ヤダヤダ。《非時院》だけで十分コエーってのに、ルーキーまで俺たちの敵かよ」

「肯定です。対抗しようにも、《ｊｕｎｇｌｅ》はいまだにクランの体を為していません」

《ｊｕｎｇｌｅ》の結成を最初に決意してから、七年という時間が経過している。いくつかのテストバージョンを経て、流は現在の《ｊｕｎｇｌｅ》を作り上げた。ユーザー数は着々と増えているし、彼らを手足として動かす分には問題ないのだが――

「人材が少ないってのが、うちのネックだよな……」

「ヒトブソク！　ヒトブソク！」

流の肩に止まったコトサカが、けたたましく鳴き声をあげた。

《ｊｕｎｇｌｅ》は、ユーザーがすなわちクランズマンなのだ。だから数は多くいる。

だが、『使える』人材は、限りなく少ない。

《ｊｕｎｇｌｅ》のランクは、ただミッションをこなしていけばいずれ上がる、という種類のものではない。ｎランクを超えたあたりから、ランクアップに必要なポイントは飛躍的に跳ね上がり、危険なミッションをクリアして高額の報酬ポイントを得なければ先に進めないようになっているのだ。

その危険に挑んでまで昇格しようとするプレイヤーは少数であり、それをクリアできる人材はさらに稀少(きしょう)である。

現在のところ、ミッションを通じてｊランクに上り詰めたものは、ひとりもいない。

流は海苔の佃煮をご飯に載せ、その上に急須からお茶を注いだ。お茶漬けである。

「三ヵ月前の襲撃ミッションはうまくいきました。あの陣頭指揮を執ったuランカーは、jランカーに昇格できるだけのポイントを得たのですが――」

「……まさか、本人にその気がないなんてな……」

磐舟はどんよりとつぶやき、流はさらさらとお茶漬けをかっ込んだ。

「彼女は非常に優秀な人材です。それゆえに、ある程度の独立性を保ちたいと思っているのでしょう。そのような選択をするクランズマンがいるのも、また《jungle》の形です。――ごちそうさま」

「はいオソマツサマ。――いやまあ、形はいいんだけどよ、おかげでjランカーに上がれそうな奴がいなくなっちまったってことを俺は言いたいわけよ」

「確かに、少し急ぐ必要があるかもしれません。『唯識システム』が実用段階になる前に、もう少し人材を確保したいところです」

そう言って、流はふいっと顔を上げる。

その視線の先に、ホログラム・ディスプレイが浮かび上がった。顔写真と、それに伴うプロフィール――《jungle》において、積極的に活動しているクランズマンたちだ。

「有望なプレイヤーに高難易度のミッションを与えるようにしましょう。彼らが十分にミッションを果たせれば、すぐに昇格できるでしょう」

「……どんなミッションだ？」

「彼の希望を叶(かな)えます」

彼、というのが誰を示すのか、すぐにわかった。

磐舟は不安の色を浮かべる。

「あいつを？　大丈夫なのか？」

「本人がやりたがっています。なにもせずに幹部に取り立てられるのは美しくないと。他のプレイヤーのやる気を盛り立てるため、デモンストレーションが必要だということは俺も理解しています」

「いや、俺が心配してるのはそっちじゃねえよ。そのミッションに失敗したらどうなるかって聞いてんの」

尋ねると、流は不思議そうに首をかしげ、

「ミッションに失敗し、ポイントをすべて失った場合、再びeランカーからやり直しということになります」

「そういうところだよ！　おまえは！　だからなかなか人材が上がってこないの！」

磐舟はちゃぶ台をばんばん叩きながら主張するが、流は今ひとつわかっていないようだった。

この青年は紛うことなき天才であるが、それゆえに他者への要求が高くなりすぎるというところがある。

流は「ふむ」とつぶやき、沈思黙考した。

「わかりました。イワさんがそこまで言うのなら、少し手加減をすることにしましょう」

「頼むぜ、まったく。……ん？」

と、そこで磐舟は気づく。

空中に浮かぶ《ｊｕｎｇｌｅ》プレイヤーの写真に映った人物のひとりが、やけに若い。というか、これは――

「こいつ、子供じゃねえの？　こんなのまで《ｊｕｎｇｌｅ》やってんのか」

「むしろ子供のほうが、余計な倫理や常識に囚われない分、早くランクアップする傾向にあるようです。そのプレイヤーは――、ああ」

流は目を細める。磐舟は、それが彼の『楽しい』ときの表情であると知っている。

「五條スクナ。俺が今、一番期待しているプレイヤーです」

おそらく隠し撮りをしたものだろう。ファストフードでつまらなそうにドリンクを飲んでいる。整った顔立ちに反して、荒んだ雰囲気を纏っている。

「この三ヵ月間、驚異的な速度でランクアップし、つい先日ｕランカーに昇格しました。彼がこの『秘密基地』にまで来られるのかどうか。注目です」

そう言って、流は口元だけで笑った。

◆

ベランダの手すりに、オウムが止まっていた。

「…………」

スクナが気づいたことに気づくと、オウムは首をかしげて見せた。愛嬌（あいきょう）というよりは、こちらに尋ねかけているかのような仕草だ。

スクナはずかずかとベランダに近づく。ガラス戸を、引き開けると同時に文句を言う。

「あのな。この家に来るなって言ってるだろ」

「なぜですか？」

H・N——《緑の王》は、オウムを介してそんな答えを返してくる。

「ここは、俺の『アジト』なんだ。目立ちたくないんだよ。それなのに、おまえみたいなドギツい色の鳥が止まってたら、どこの誰だって注目するだろ！」

語気も荒く言ってのけると、オウムは首をかしげたままじっとスクナを見て——ベランダの中に、ぴょんと飛び込んできた。

「これで目立つことはありません」

スクナは反論の言葉を探したが、結局それは見つからなかった。

《緑の王》がスクナの周辺に現れるのは、これで五回目だ。

ひどいときにはミッションの最中に姿を現したこともある。さすがにそういう状況では遠くから観察するだけだったが、気が散ることに変わりはない。「次に見かけたら焼き鳥にしてやる」——という脅し文句で、ようやくミッション中には現れなくなった。

その代わり、スクナのアジトに現れるようになったのだ。

彼のアジトは、なんの変哲もない都内のマンションの一室だ。子供であるスクナに家を借りることなどできないから、名義は《ｊｕｎｇｌｅ》で募集した、顔も知らない他人だ。本来ならスクナとそいつ以外に、この場所を知っているものはいないはずなのに、《緑の王》が平然とここを突き止めたのが、なんとはなしに気に入らない。

スクナがリビングに戻ると、開きっぱなしのガラス戸から、オウムが勝手に入ってきた。スクナはじっとそれを見つめてから、ぽつりと、

「フンはするなよ」

途端、オウムが怒りに震える翼を広げた。

「クワッ、クワーッ！　シツレイ！　シツレイ！」

ばっさばっさと飛び回り、執拗に爪で攻撃を加えようとする。スクナは慌てて首をすくめ、部屋の隅に退避した。

オウムは威嚇するようにしばらく滞空していたが、やがてテーブルの上に降り立った。憑き物が落ちたかのように、冷静な声を響かせる。

「謝罪です。コトサカが興奮しました。ですが、あまりコトサカに失礼なことを言わないようにしてください」

どきどきと鳴る胸を押さえながら、スクナは眉根を寄せる。

「な、なんだよ。ただのオウムじゃんか」

「コトサカは俺のクランズマンです。人間ではありませんが、人格と誇りを持っています。ひとつの尊厳ある存在として扱ってください」

「ソノトオリ！　ソノトオリ！」

オウム――コトサカが喚く。スクナは化け物を見るような目で、そんなコトサカと、その向こうにいる《緑の王》を見つめていたが、やがて肩をすくめて答えた。

「……ま、今さら動物のクランズマンくらいで驚かないけどさ」

異能の世界に足を踏み入れてから、すでに驚くべきことには何度も出くわしている。

七つの王国（クラン）と、それを統べる七人の王たち――この国を支配する、本当の勢力図。

そのうちのひとりが、コトサカを通じた向こう側にいることに比べれば、意思を持つ動物くらいなんということはない。

それにしても、とスクナは思う。

「そんなのを使わなくても、おまえだったら別の方法がいくらでもあるだろ」

ばさり、と羽を震わせて、コトサカは首をかしげる。

「別の方法とは？」

「監視カメラを設置してもいいし、適当なプレイヤーに撮影させてもいい。ジャングルポイント使えば、手足になる奴らはいくらでも集まるはずだ」

「優先順位が低い観察対象にはそうしています。俺がコトサカを使うのは、もっとも優先順位が高く、かつ対話したい相手に限ります」

「……俺がそうだってのか？」

「肯定です。きみの行動に、俺は非常に興味を持っています」

コトサカの、ガラス玉のような目が、じっとスクナに視線を注いでいる。その無機質な視線に、スクナはたじろいだ。

「五條スクナ。五條家の一人息子。きみは三ヵ月前に家を出て以来、あらゆる手段を使ってこの社会を生き抜いてきました。《.jungle》を最大限に利用して、身分を隠し、窓口となる人間を雇い、誰に頼ることもなく衣食住を確保している。ただの小学生にできることではありません」

スクナは眉根を寄せた。

《緑の王》が自分の情報を有している——それ自体は驚くべきことではない。情報のクランたる《.jungle》、その王であるH・Nなら、それくらい調べ上げることは卵の殻を割るより易しいことだろう。

だからといって、不快感が薄れるわけではない。

「人のこと嗅ぎ回ってんじゃねえよ。ムカつくな」

「きみを怒らせる意図はありません。なぜ俺がきみに興味を持っているか、その理由を知らしめるためです」

「……ふん」

まあ、それは信じていいだろう。H・Nは変人であり、大物であり、黒幕ではあるが、悪人ではないようだ。スクナのことを調べたのは、言葉通り、スクナに興味があるからに過ぎない。

《緑の王》は言葉を続ける。

「《ｊｕｎｇｌｅ》でのし上がるために、手段を選ばないというプレイヤーは他に多くいます。ですが、単独で、危険なミッションを進んでこなし、しかも成功しつづけるものはごく少ない。ましてきみのように年少のプレイヤーともなれば、《ｊｕｎｇｌｅ》初と言っていいでしょう」

ぽすん、とスクナはソファに腰かけて、射貫くような目でコトサカをにらむ。

「なにが言いたいんだ？」

「きみはなぜ、チームに入って行動しようとしないのですか？　ほとんどのプレイヤーがそうしています。そちらのほうが、はるかに安全で効率がよいと言うのに」

スクナは、長杖をぎゅっと握りしめる。コトサカから目をそらし、ぼそぼそとした声で、

「……別に、ひとりでできるんだから、ひとりでやっててもいいだろ。俺は群れるのが嫌いなんだよ」

その言葉は、半分が事実だった。

《ｊｕｎｇｌｅ》の特性は、『自由』であることだ。構成員（クランズマン）がなにをしようと、上はほとんど関知しない。彼らは《ｊｕｎｇｌｅ》を利用し、《ｊｕｎｇｌｅ》は彼らを利用する。互いの顔すら見えず、ただ利害だけで繋がっている。

その関係が、スクナには心地よかった。

その関係なら、最初から、誰も信頼せずに済むからだ。

コトサカが、何度か首をひねった。スクナの言葉を噛み砕くように。

そうしてから、《緑の王》はあっさりとした口調で、

「それは、きみが家を出た原因と関わりのあることですか」

危険域に踏み込んだ。

《緑の王》が『あいつ』のことを知っているのは、なにも不思議ではない。自分のことを調べ上げたのだから、自分の人間関係くらい当然のように知っているだろう。

だが、『あいつ』の名前を、他人が口にした瞬間に、自制が利かなくなるという自覚があった。

「……だったら、なんなんだ?」

冷えた銅板のような声をスクナは響かせる。その内心に、気づいたか、気づかなかったか、《緑の王》は相変わらず淡々とした調子で言う。

「もしそうだとしたら、きみは、自分で自分の可能性を狭めています。俺はそれをもったいないと感じています。損失です。過去に囚われ未来を閉ざすことなど、あってはなりません」

スキル『雷の刃』、アクティベート。

輝く電磁の刃が、長杖から現れた。それと同じくらい危険な眼差しを、無力なオウムに向けながら、スクナは低い声で答える。

「未来も過去も知ったことか。俺はただ、今を生きるだけだ」

「なんのために?」

不意に投げかけられた問いかけに、スクナが答えることはできなかった。

なんのために生きるのか。陳腐な歌詞のような問いかけに、返すべき答えを持たない自分を見いだし、スクナは呆然とする。

自分が、今、この場所にいるのは、実家から逃げるためだ。あの家にあと一秒でもいれば、発狂して自殺する自信がスクナにはある。よって、スクナにとって逃げることと生きることは同義である。

だが、逃げるだけの人生に、なんの意味があろう。それこそが、過去に囚われているということではないのか――

「その答えが見つかったら、聞きに来ます」

スクナがはっと顔を上げたときにはもう、コトサカは羽ばたいてベランダの手すりに飛び移っていた。

こちらを振り返るコトサカに、スクナは立ち上がり、怒りの声を投げかけた。

「……おまえ、なんなんだよ。なにが目的なんだよ!?」

「俺の望みは、人の可能性を拡げることです。それ以外にはありません」

それだけを言い置いて、コトサカは飛び立ち、空の彼方に消えていった。

ぎり、と奥歯を噛み鳴らして、スクナは苛立たしげにガラス戸を閉めた。

そうして、自分のアジトを見渡す。

必要最低限の家具しか存在しない、殺風景な部屋。それはまた、スクナのいる世界の似姿であった。

彼に欲しいものは存在しない。必要なものしかいらない。余計なものがあると、逃げるときに邪魔になる。スクナはそのことを正しく認識している。

だが――

ただ逃げるため、生きるために、なにも欲せずにいるということこそが、過去に囚われているということではないか。

スクナが、そんな思いを心に浮かべたとき、物音が響いた。

スクナは弾かれたように顔を上げ、音の方向を確かめた。

玄関のドアだ。閉めたはずの鍵が開き、ドアノブがゆっくり回ろうとしている。

スクナの行動は素早かった。ドアが開いたときにはもう、スクナは長杖と端末を手に、ベランダから飛び出していた。チェーンは掛けているが、不法侵入をするような輩にどれだけの時間が稼げるかはわからない。このアジトはもうダメだ。次に行かなければ。

スクナはベランダから跳躍し、電信柱にしがみついてさらに跳躍。民家の屋根に着地した。

そのまま駆け出そうとしたスクナの背中に、メガホンで倍増した声が掛けられた。

「待ちなさい！　五條スクナくん！」

バカか、という思いがスクナの足を止めた。どういう思惑だか知らないが、こんなところで人の名前を大声で呼ぶんじゃねえ。

振り向いたスクナが見たのは、ミニバンの近くに立つひとりの男だ。メガホンを持ち、こちらを見上げている。その表情に緊張感はない。これで、追っ手が《セプター4》、あるいは《ｊｕｎｇｌｅ》である可能性は排除された。

そのまま逃げれば、よかったものを。

「お母様が心配している！　一緒に戻ろう！」

その一言が、スクナの足を止めた。

追っ手の正体が、それで知れたからだ。

こいつらは、『実家』の手先だ。

過去が、自分を捕らえに来た。

「………」

スクナは屋根に足をかけたまま、そいつのことを見据える。

母の名を出したことが功を奏した――メガホン野郎はそう思ったのかもしれない。口元に笑みさえ浮かべながら、さらに声を張り上げた。

「お母様は、君が戻りさえすれば、なにも咎めることはないと仰せだ！　こんなに長い間心配をかけたのだから、君ももう満足だろう？　子供がひとりで生きていけるものじゃない！　私たちと――」

「黙れよ」

濁った声が、その戯言を遮った。

あるいは、《緑の王》の接触がなければ、そんなことはしなかったかもしれない。

スクナは屋根から道路へと降り立った。ほっとした表情のメガホン野郎、その後ろの車からばらばらと黒服が現れる。

スキル、『身体強化』をアクティベート。

スキル、『雷の刃』をアクティベート。

《jungle》の異能が全身を駆け巡る。胸を打つ拍動が、黒い感情を手足の隅々にまで運んでいく。長杖から鎌のように電気の刃が伸びて、スクナはそれを肩に担いだ。

黒服たちが、おののくように後ずさった。

スクナは小さな悪鬼のような笑みを浮かべた。


数分後――。

打ち砕かれたコンクリート塀、切断された電信柱、ひっくり返った自動車に、折り重なって倒れる黒服たち。そんな破壊的な光景が、その場に広がっていた。

遠くからパトカーのサイレンが聞こえる。ここにたどり着くまで数分もないだろう。その前に、やるべきことをやらなければならない。

メガホン野郎はアスファルトに尻餅を突き、怯えた眼差しでスクナを見上げていた。

「それで？　誰から俺の居場所を聞いた？」

彼の胸には、スクナの踵がめり込んでいる。メガホン野郎はそこから逃れようと暴れるが、異能によってブーストされたスクナの筋力は、常人の域をはるかに超える。男にできるのは、苦悶の声をあげることだけだ。

「うっ、う、うううううっ……！」

圧迫された肋骨(ろっこつ)が、めりめりと音を立てるのがわかる。もう少し押し込めばへし折れるだろう。

折れた骨は肺や心臓に刺さり、こいつの命を奪うかもしれない。

スクナは目を細めながら、つぶやきを落とした。

「俺さ。まだ、人を殺したことはないんだ」

「――――」

「でも、今は別に、やってもいいかなって気分になってる。おまえのせいだぜ」

口の端から泡を吹きながら、メガホン野郎は哀れなほどの恐怖を示した。痙攣するように首を振るそいつを、無情に見下ろしながら、スクナはさらに言う。

「死ぬのがイヤなら質問に答えろ。俺を売ったのは、誰だ？」

「――ッ、し、ししッ、知らない！」

「へえ。律儀だな」

さらに踵を押し込む。めきめきと、骨にヒビが入る音。激痛に目を白黒させ、唾を飛ばしながら叫ぶ。

「ほ、本当だッ！　俺は、上からおまえを捕まえてこいって言われただけで――誓う！　なにも知らないんだ！」

恐怖と苦痛ゆえに、その言葉は真実なのだろうとスクナは判断し、ちっと舌打ちをした。使えない奴だ。

「じゃ質問を変えてやる。おまえらはそもそもどっち側の人間だ？　表か、裏か」

「――うら、裏だ。俺たちは、東雲組の所属で――裏のエージェントと、いくつかつながりを持ってる。た、たぶん、この情報も、そのエージェントから――」

「俺がこういうのだって、教えてもらわなかったのか？」

ちょい、と電気の刃を振って見せると、メガホン野郎は恨めしげな声をあげた。

「異能者だって知ってたなら、あんなバカみたいなことしなかったよッ……！　くそ、あのババア、なにが話せばわかるはずだ！　余計な注文つけやがって！」

スクナに投降を呼びかけたのは、母のアイディアだったらしい。

ハッ、とスクナは乾いた笑い声を立てた。

「同情するよ」

そう言って、踵を胸からどける。

圧迫が不意に消えて、メガホン野郎はげほげほと咳き込む。その首筋に、スクナは緑の刃を埋め込んだ。緑色の電流を思うさま注ぎ込むと、そいつはびくびくと痙攣し、やがて昏倒（こんとう）した。

スクナはぽつりとつぶやいた。

「黒子だな」

『裏のエージェント』というのは、十中八九、黒子のことだろう。あいつは《ｊｕｎｇｌｅ》のミッションだけではなく、その異能を使って、通常の裏仕事（奇妙な表現だが）もこなしていると聞く。窃盗に破壊工作、誘拐に、そして、暗殺などだ。

黒子はスクナのことを捕らえなかった。彼を見逃したのではなく、単にそのためにポイントを使うのが惜しくなったからだろう。身柄を拘束する代わりに、個人情報を売って金に換えた――

というところだろう。

そこで、スクナはひとつの疑問を抱いた。

自分が異能者であることを、なぜ黒子は告げなかったのだろう。

一般社会ではともかく、裏社会では異能者の存在は公然のものとなっている。クランに所属しないはぐれ異能者は『ストレイン』と呼ばれ、裏の組織の子飼いとなるものも少なくはない。もしもこいつらがそういった異能者を連れていたら、ここまで簡単に逃れることはできなかっただろう。

そんな疑問をもてあそんでいると、端末が着信を鳴らした。

非通知着信。スクナは眉根を寄せ、通話に出た。

「……誰だ？」

『その様子だと追っ手からは逃れられたようだな、ファイブ』

みしり、と端末を持つ手に力が込められた。

「てめえ、黒子。俺のことバカにしてんのか？」

『私にはそのような意図も暇もない。ゆえに、本題に入る』

そうして、黒子はぬけぬけと言った。

『お主と共闘したい』

◆

御芍神紫（ゆかり）が《ｊｕｎｇｌｅ》のクランズマンとなったのは、比水流に魅せられたからだ。

彼を初めて目の当たりにしたのは七年前のことだ。その頃の比水は、あどけなさの残る少年だった。子供の姿をした王は、《黄金の王》と《無色の王》の前に、怖じることなく姿を現し、そして宣言した。

最強たる《黄金の王》の打倒と、彼への敵対を。

紫は、耳を疑った。

かつて多くの王を目の当たりにしてきたが、國常路大覚に真正面から戦いを挑むものを見たのは初めてだった。あの迦具都玄示でさえ、そのような真似はしなかった。

それが、年端も行かぬ少年の王が、最強の王への宣戦布告を為したのだ。

子供の無謀と笑うことはできるだろう。王の力を得た子供が、なにも考えず暴走していたのだと。それは無知ゆえの慢心であり、そんなものに魅せられることはない。

だが、比水流は本気だった。

彼の瞳には、情勢を見極める冷徹さと、秘めたる野望の情熱が、等しく宿っていた。彼我の実力差を見極め、それでも困難に挑む、革命家の瞳が輝いていた。

その輝きに、紫は目を奪われた。

美しいと、そう思ったのだ。

その美しさは、今もなお紫の心に焼き付いていた。

時が流れ、青年となった流が再び紫の前に現れたときも、彼の美しさは少しも損なわれていなかった。それどころか、『世界の変革』を夢見る比水流は、まばゆいほどに輝きを増していた。

だから、御芍神紫は比水流に仕えることに決めた。

その冷徹なる野心と、秘めたる情熱の体現者となることを誓った。

かつての王、三輪一言とはまた異なる輝きを、その生き様に見いだしたがゆえに。

そして、今――

御芍神紫は、《ｊｕｎｇｌｅ》の最高幹部、ｊランカーとして、街の路地裏を歩いていた。

時刻は深夜の零時を過ぎた頃、あたりは閑として、人影も物音もない。秋の夜の月は、左右に並ぶビルの陰に隠れ、その光が届くこともない。

そのような薄暗い場所にあっても、御芍神紫が余裕に満ちた笑みを崩すことはなかった。長大な刀を背に差して、暗紫の髪をなびかせて歩く姿は威風堂々、満身に一分の隙も見いだすことはできなかった。

薄闇の路地裏を、紫は歩きつづけ、やがてその足が止まった。

ビルのあいだの、エアポケットのような空き地だった。四方を建物に囲まれ、人が抜け出す隙間はない。戻るには、たった今歩いてきた道を引き返すしかないだろう。

紫は両腕を広げ、四角い夜空を仰ぎながら、言った。

「見ているだけだと退屈でしょう？　出てきて私と遊ばない？」

かすかな動揺が、夜の空気を震わせた。

沈黙が続くこと、数秒。背後の路地裏から、声が響いた。

「――へえ？」

闇の中から、ゆらりと姿を現したのは、二人組の男だった。

「見られてるってわかってんのに、こんな人気のないとこまで来たんだ？　バカじゃん？」

ひとりは軽薄そうな笑みを張りつけた若者で、ギターケースを背負っている。もうひとりは筋肉質の巨漢だ。いずれも端末を手に、油断なく紫のことを見据えている。

紫は小さく笑い、腕を広げたまま二人を振り返る。

「だって、いくら待っても仕掛けてこないんだもの。だからやりやすい状況を作ってあげたのよ。感謝してほしいくらいだわ」

巨漢が目を細め、独り言のようにつぶやく。

「俺たちを、誘い出したということか」

「へっ。そうかい、ありがとよ。わざわざポイントを取りやすくしてくれるなんてな」

若者がへらへらと笑いながら手を上げると、背後からぞろりと複数の人影が現れた。全員が緑の電子光を放つ、機械的な仮面をかぶっている。

「こいつらはnランカーだ。俺たちのオマケだけど、それなりに腕利きだぜ。逃げられるとは思わないことだな」

nランカーたちがそれぞれに端末や武器を取り出した。中には銃らしきもので武装しているものもいる。

だが、紫の表情には一片の動揺も現れなかった。

そもそもが、これは自分の望んだ状況なのだ。予期していた光景を目にして心に揺らぎがあろうはずもなく、それどころかふつふつと湧いてくる熱を感じていた。

戦いの熱だ。

若者はそんな紫を見て、ふんと鼻を鳴らした。

「それにしても、おまえ、一体なにやらかしたんだ？　jランカーになった直後に、十万ポイントなんて懸賞金かけられるなんてよ。王様の命でも狙ったか？」

その声には、嘲りと嫉妬が混じっていた。

無理もあるまい。紫は正規のミッションを経てjランカーになったのではなかった。《緑の王》比水流から、直々の勧誘を受けて、jランカー――幹部にまで昇格したのだ。その地位を得るため、日々高難易度ミッションに挑んでいるクランズマンたちにしてみれば、到底納得のいくものではないだろう。

紫は肩をすくめ、なんでもないことのように言う。

「別になにもしてないわ。だって、討伐ミッションを出すように頼んだの、私だもの」

巨漢が眉をひそめた。

「……どういう意味だ？」

「そのままよ。私が彼に頼んで、自分に懸賞金をかけてもらったの。より多くのクランズマンが、私に挑むことができるようにね」

若者と巨漢は顔を見合わせた。

「つまり、なにか？　おまえは自分で自分に懸賞金をかけたってのか？」

「ええ。そうよ」

若者が、心底から呆れたようにつぶやく。

「おまえ、自殺願望でもあんのか？」

紫は微笑を深くした。

「私が自分に懸賞金をかけたのは、証明するためよ。私がjランカーに相応しい人間であることを、あなたたち《ｊｕｎｇｌｅ》クランズマンに、ひとり残らず知らしめるため」

そうして、すらりと刀を抜く。緑の仮面をかぶった連中がざわめいた。

「もしも私を打ち倒すものが現れるなら、そのものが代わりにjランカーになればいい。我らが王の片腕となるものは、強ければ強いほどよいのだから。私はそのための、試金石というわけ」

二人組の表情が、引き締められた。

紫が口にしているのは、《ｊｕｎｇｌｅ》においては当然の理だった。強いもの、賢いものが上に行く。もしも紫がjランカーになったことに不満を持つのならば、打ち倒すことで自分が紫よりも優れていることを証明すればよい——彼は、そう言っているのだった。

二人の表情から、油断が消え去ったことを確かめて、紫は艶やかに笑った。

「あなたたちの質問に答えたのだから、私の質問にも答えてくれる？」

「……なんだよ？」

「私を倒して、ｊランカーになったとして、あなたたちはなにをするつもりなの？」

「はっ。なにかと思えば、そんなことか？」

馬鹿にしたように鼻を鳴らし、若者は胸をそらせた。

「決まってんだろ。『上』に行けば、もっとデカい力が得られる。もっとデカいことができる！

そのためには、王様の傍に行くのが一番なんだよ！」

巨漢はしばらく沈黙してから、ぼそりと答えた。

「今のままでは、狭すぎる。上に行けばもう少し自由にやれるだろう」

力と、自由。

それは《ｊｕｎｇｌｅ》が標榜するものだ。彼らがそれを欲するのは当然と言えるだろう。

紫が今まで相手にしてきたクランズマンたちも、詳細は違えど似たようなことを口にしていた。

それだけに、興醒めする思いだった。

比水流の夢とは、全人類を王とすることだ。万民が見る、万色の可能性こそが、次の世界の光景だと語ったのだ。

だが、それにしては《ｊｕｎｇｌｅ》のクランズマンたちが見る夢は画一的に過ぎた。力を得てなにをするか、選ぶのは当人であるとはいえ、いささか選択肢が狭すぎる。

とはいえ――

紫が魅せられたのは、流本人の輝きだ。彼が作り上げた《ｊｕｎｇｌｅ》そのものに、さして興味があるわけではない。今、こうして質問しているのも、紫の興味本位に過ぎない。

ゆえに紫は刀を払い、話を打ち切る仕草を見せた。

「そう。よくわかったわ」

切っ先を彼らに向け、宣戦布告をするように、

「では、始めましょう」

巨漢が低い声でつぶやく。

「やれ」

ｎランカーたちが扇状に散開する。壁を背にして立ち尽くす紫に、一斉に銃口を向けて――

その姿が、かき消えた。

「なっ――」

「上だ！」

若者が叫んだときには、すでに紫は左手の壁を駆け上がり、最寄りのｎランカーに斬りかかるところだった。こちらを見上げる緑色の仮面を両断し、その素顔を引きずり出す。紫はとびきりの笑顔をそいつに向けると、刀の峰をその鼻先にたたき込んだ。

「くそっ、距離を取れ！　こっちは銃だ！　あんなのに負けるわけが――」

「そう思う？」

かろやかな声を立てて、紫はｎランカーたちの隙間を縫うように走り抜ける。そのたびに刀が

閃き、仮面を、銃を、端末を両断していく。焦りの表情を浮かべる若者に、紫は肉薄していく。

その行く手を、緑色の壁が遮った。

とっさに閃かせた刀を、緑の壁がはじき返した。紫は意外の思いに囚われ、地面を蹴って距離を取る。

緑の壁は、巨漢の端末から発せられているもののようだ。彼は落ち着いた声で、傍らにいる若者に声をかけた。

「退くぞ」

「わかってるっ！」

そうして、二人組は路地裏へと身を翻した。

紫は周囲を見渡した。まだ戦意を持っていたnランカーたちも、首謀者が逃げ出したのを見て銃を放り出していた。紫はその覚悟のなさに呆れるが、しょせんは使われるだけのものたちに、そんなものを期待するほうが間違っているだろう。

紫は刀を片手に、自らも路地裏へと駆け込んでいく。

他の連中はともかく、首謀者の片はつけなくてはならない。そうでなければ、『証明』にはなり得ないからだ。

そうして、路地裏に入った紫は、自らが罠（わな）にはめられたことを知った。

「あら」

100メートルほど前方の暗闇に、緑色に輝く壁がある。その隙間から、長大なライフル銃がなるほど、と思う。あれがあの若者の武器なのだ。巨漢が防御し、若者が狙撃する——というのが、あの二人組のスタイルに違いない。

紫は笑みを深くする。長い直線上、向かう先に狙撃銃があっても、彼は怯むということを知らない。刀を担ぎ、なおも速度を上げて、二人組に近づいていく。

「これでも、食らえっ!!」

若者が叫び、銃口が火花を閃かせた。

紫の刀が、神速で動いた。

ばぢっ、と耳障りな音と同時に、路地裏の闇を緑色のスパークが照らし出した。

紫は、何事もなかったように走りつづける。

「なっ——」

絶句し、それでも若者は、さらに引き金を引いた。二射、三射。刀が目に見えないほどの速度で閃き、緑のスパークが閃くたびに、紫の後方、左右に迫るビル壁が削れていく。

そこに至って、若者はようやくなにが起きているのかを理解したようだ。

飛来する弾丸を、真っ二つに斬っているのだ。

悲鳴に近い声が、その喉からほとばしる。

「嘘だろ!?　電磁弾だぞ!?　反応できる速度じゃ——」

「亀でもアキレスでも、行く手に壁があれば、ぶつかって止まるわ」

紫は目を細める。獲物を前にした肉食獣のように。

「そういうときは、どうすればいいと思う？」

そして紫は駆け出した。

「くそっ!!」

電磁弾が続けざまに吐き出された。しかし、それらはすべて刀に弾かれ、あるいは踊るようなステップで回避される。

紫は止まらない。止まらない。一直線に路地裏を駆け抜け、眼前を塞ぐ緑色の壁に、激突した。

次の瞬間には、その壁は易々と切り裂かれていた。

「なっ――」

緑の壁の向こうから、若者と巨漢の驚愕の表情が現れた。それを見て、紫は笑う。

「答えは簡単。壁を切り裂いて、進めばいいのよ」

続けて振り抜かれた刀の峰が、巨漢の側頭部を強打して、彼を昏倒させる。

若者の手から、ライフルが滑り落ちた。

紫はそれを、残念に思う。戦術の組み立てはよかったのに、諦めが早すぎる。これでは到底、《緑の王》の理想を共にすることはできまい。

そんな紫の思惑とは裏腹に、若者は呆然とつぶやいた。

「……おまえ、何者だよ？」

「私のハンドルネームは知っているでしょう？」

にっこりと笑って、紫は若者の脳天に、刀の峰をたたき込んだ。

仲良く倒れる二人組にウィンクをして、彼は高らかに言う。

「私の名前は『ビューティ☆エンジェル』。討伐ミッションは、まだまだ継続中よ。これに懲りず、また挑んでね」

◆

隠し撮りの映像を見終わったスクナは、素直な感想を述べた。

「なんだよ。このバカは」

黒子は腕を組んだまま、淡々と答えた。

「『ビューティ☆エンジェル』。無論、ハンドルネームだ。ランクは最上位のjランカー。少し前、突如としてランクインした」

スクナが黒子との会合場所として選んだのは、駅前の貸会議室だ。人目のある場所には近いが、人目にはつかない。そして脱出経路が豊富であるという理由から、この場所を選んだのだ。

「突如として? ミッションこなしてねえのかよ、こいつ」

「知らぬのか。少し前から、《.jungle》のフォーラムはその話題で持ちきりであったが」

掲示板(フォーラム)は主として《.jungle》クランズマンたちによるコミュニケーションツールとして使われる。無論、重要な情報を公開の場所でやり取りするわけにはいかないから、フォーラムで

交わされるのはとりとめもない雑談や、出所が不確かな噂話といったところだ。スクナはそういったものに、価値を見いださない。

とはいえ、前後の状況をつかむのなら、見ておいて損はないだろう。

スクナは《ｊｕｎｇｌｅ》を起動し、フォーラムへとアクセスした。

メイントピックに、いきなり『ビューティ☆エンジェルについて』の項目があった。

寄せられた意見は、ミッションを経験せずにjランカーとなった彼と、それを許した運営に対する批判が大半だ。jランカーになるため日夜ミッションをこなし、しかしそのたびに失敗してポイント減算の憂き目に遭うプレイヤーも多い。彼らにしてみれば、飛び入りでjランカーになった彼の存在は、許せるものではないのだろう。

「ふうん――」

端末をスワイプしつつ、それらの意見をチェックして、ずばりと言った。

「くだらねえ泣き言がほとんどだな。気に入らねえなら挑戦すればいいじゃねえか」

端的な意見は、映像の中でビューティ☆エンジェルが口にしていた言葉と、奇しくも同じものだった。

《ｊｕｎｇｌｅ》は、それまでの努力や研鑽、貢献度などはまったく問題としない。実力と結果がすべての世界なのだ。あの男より自分のほうが優れているという認識があるのなら、『討伐』すればいい。映像が示す通り、彼は逃げも隠れもしていない――それどころか、クランズマンたちの挑戦をいつでも受け付けると宣言しているのだから。

ある意味では、潔いとも思える態度だ。

黒子は腕組みを解き、緑に輝く電磁の目でスクナを見る。

「同感だ。議論より行動で示すのがプロフェッショナルというもの。ゆえに私はそうしようと考えている」

「で、俺と共闘か？」

「ビューティ☆エンジェルは手練れだが、私とお主が手を組めば勝算はある。無論リスクもあるが、十万というポイントはそれを冒すだけの価値がある」

スクナは呆れたように言う。

「俺のことを売ったくせに、おまえ、よくぬけぬけとそんなこと言えるな」

「不要な情報しか売っておらぬ。お主なら、対策もしてない裏の人間をあしらうことくらい、造作もなかったろう」

黒子の頭部装甲、その目に当たる部分が、暗い緑の輝きを灯らせた。

「水に流せとは言わぬ。だが、互いを利用し合うのは《ｊｕｎｇｌｅ》の常だ。お主はそれを、誰よりもよくわかっているだろう、ファイブ」

スクナはじっと考え込んだ。

黒子の言うことは、正しい。

スクナも黒子も、同じ《ｊｕｎｇｌｅ》のクランズマンでありながら、味方同士ではない。互いが互いを利用するためにこの場所にいる。現に黒子はスクナのことを、散々に利用している。

彼の居場所を売り、今もまた、都合よく共闘相手に選ぼうとしている。

そのスタンスは非常に明快だ。黒子がスクナのことを裏切ることはないだろう。なぜなら、スクナが黒子のことを信じる日は永久に来ないからだ。

信頼を置かなければ、裏切られることもない。

それは、あの日以来、イヤというほど学んできたことでもあった。

スクナは長杖を肩に担ぎ、答えた。

「条件がある」

「聞こう」

「おまえのことだ。どうせ狙ってるのは奇襲からの一撃必殺だろ。だから、おまえが欲しいのは注意を引く役ってことだ。違うか？」

「……その通りだ」

スクナはにやりと笑った。

「おまえが出てくるまでに倒されたんじゃ意味がない。こいつ相手に持ちこたえられるのは、uランカーでも俺くらいのもんだ」

「つまり？」

「分け前は多くもらうぜ。8：2だ」

「……6：4」

「じゃ、7：3だな。断るなら俺は降りる」

黒子は、しばらく沈黙してから、答えた。

「いいだろう。三万でも十分に元は取れる。ただし、もし失敗した場合、私はお主を見捨てて即座に撤退する。助けがあるとは思わぬことだ」

「お互い様だろ」

スクナは肩をすくめて答え、黒子は頷いた。

「交渉成立（ディール）。では、詳細な作戦を詰めるとしよう」

「まずは居場所を特定するところからか」

「……その必要はない」

黒子の言葉に、スクナは感心する。

「もう調べをつけてんだ。さすがだな」

「私が調べたわけではない。ビューティ☆エンジェルは自らの行動を逐一《ｊｕｎｇｌｅ》サイトに記載しているのだ」

「は？」

スクナは素っ頓狂な声をあげた。

黒子は懐から端末を取り出し、スクナのほうに投げてよこした。

「見てみろ」

スクナは半信半疑のまま、端末の画面を見た。

《ｊｕｎｇｌｅ》には通常のＳＮＳと同じように、リアルタイムに写真を投稿し、それにコメントをつける機能が存在する。

そして彼は、その機能をフル活用しているらしい。

その日の夕食やらなんでもない町並みの光景やらオモシロ画像やらを、自撮りの要領で自分と一緒に映し、俳句とポエムをまぜこぜにしたようなコメントを並べ連ねている。すべての画像に完璧な角度で彼が映り込んでいた。

スクナの感想は、やはり率直だった。

「……なにしてんだ?」

「ビューティ☆エンジェルは、毎日欠かさず自らの行動とその感想、また次の日の予定を日記に書き込んでいる。隠匿性を重視する《jungle》ユーザーの中で、これほどまでに綿密に個人情報をさらけ出すものは此奴(こやつ)が初めてだろう」

先ほどスクナは、その態度を潔いと思った。

それどころではなかった。常に自分の居場所を明らかにしているというのは、正々堂々を超えて自殺行為に等しい。寝ているときも食事のときも、気が休まるときは一瞬もないというのだから。

黒子は淡々と言う。

「この情報を元にして、十数人のuランカーがビューティ☆エンジェルに挑み、すべてが返り討ちになった。どのような罠を張られても、どのような多勢を相手にしても、此奴は造作もなく切り抜けたという」

「――――」

「私がお主に声をかけたのは、お主の実力もあるが、他にもう人材がいないからだ。私とお主が、此奴に挑んでいない最後のuランカーというわけだ」

「……へえ」

スクナの口元に、笑みに似たものが浮かんだ。

「そいつは、楽しみだ」

こいつは、なにもかも自分の思い通りになると考えている。だからこんな自撮り画像を投稿し、自分の予定をすべて知らせて、他のユーザーを誘っているのだ。自らの実力に相当の自信があり、《jungle》のユーザーではそれを覆すことはできないと、決めつけているのだ。

要するに、スクナたちをナメているのだ。

その態度が、最高に気に入らなかった。

「やる気が出てきたぜ。こいつに目に物見せてやる。黒子、作戦を組み立てるぞ」

「うむ。まず、ビューティ☆エンジェルの今後の予定から、襲撃に相応しいロケーションを選定する――」

「……待て。ちょっと待て」

「なにか？」

「その名前を聞くたびに力が抜ける。もうちょっと別の呼び方に変えないか？」

黒子はまじまじとスクナを眺め、ぽつりと、

「人のハンドルネームに文句をつけるものではないな。ファイブ」

教師のような言い方に、スクナは閉口した。

◆

桟橋から発した屋形船は、夜の川を滑るように下りながら、東京湾へと向かっていく。都会の喧噪も、川の上までは聞こえてこなかった。頬を撫でる秋の風に、潮の香りが混じりはじめたのを感じて、御芍神紫は目を細めた。

船縁に腰かけて、空を見上げる。

透き通るほどに美しい、秋の夜空だ。

星の光は点々と、満月が冴え冴えと白く輝いている。中秋の名月から少しばかり時間が経ったが、それでも紫は、その美しさに思わず声を漏らした。

「『秋の夜の　月によく似る　団子かな』」

それは、彼の句ではない。彼の師、三輪一言の俳句だった。

《無色の王》三輪一言と御芍神紫は、決別した師弟であった。

まだ年若い頃に一言と出会い、その美しさに魅せられた紫は、彼の唯一のクランズマンとして長く仕えてきた。師と弟子というよりは、年の離れた兄弟のような、親しい関係であったように思う。そのうちに弟弟子もできて、無色のクランはますます家庭のような場所になっていった。

それは紫にとって、退屈ではあったが居心地のよい場所であった。一言たちと住み暮らしていた片田舎に、骨を埋めてもいいかもしれないと思ったこともあった。

だが、そうはならなかった。

紫は一言に剣を向けた。一言はそれに、微笑で応えた。

真剣での立ち合いは、紫の敗北で終わった。紫は自らの命をもって勝敗の結果としようとしたが、一言は静かにかぶりを振っただけだった。

そうして、紫は一言のもとを去った。

あのとき、一言に挑んだ自分の心理を、うまく説明することはできない。

ただ己の中からこみ上げる衝動に突き動かされたのだ。死病に冒され、ゆっくりとではあるが確実に弱っていく《無色の王》、その生命の炎が尽きる前に、激しく燃え上がる美しさをこの目に焼き付けたいと、そう思ったのだ。

――君はケダモノです。御芍神紫。

比水流にぶつけられた言葉を思い出して、紫は微笑んだ。

戦いを求めるわけでも、血を欲するわけでもない。自分は美しいものが見たいだけだ。

ただ、御芍神紫は、血と戦いの中にこそ本当に美しいものを見いだしてしまう、そんな性分に生まれついているらしい。

それでも――

見上げる月は、戦いや血と縁遠くとも、やはり美しかった。

今、この地上のどこかで、一言や弟弟子もまた、同じ月を見上げているのだろうか。かつて三人でそうしたように、月みたいに白い団子を前にして。

と――

その月が、陰った。

ゆっくりと水上を滑る船が、橋の下を通ろうとしていた。やや興醒め、紫はひとり肩をすくめて、屋形船の中へと戻ろうとした。

そして足を止めた。

それは優れた剣士としての勘であったのかもしれず、あるいは、電気が弾けるかすかな音を聞きつけたからかもしれない。

紫が振り仰ぐと同時、宙に月が灯った。

天空の満月ではなく、ぎらぎらと輝く緑色の三日月だ。ギロチンの刃にも似たそれは、まっすぐに紫の頭上へと落下してきた。

紫の眼差しが、瞬時に戦いの色を帯びた。

神速で抜き放たれた紫の愛刀――師より賜りし『過(あやまち)』が、頭上に落ちてきた三日月を受け止めた。とっさに異能を込めた刃は、緑の三日月と激しくつばぜり合い、やがて互いをはじき飛ばすようにして離れた。

「ちぇっ」

と、船縁を踏みしめ、バランスを確保しながら、三日月の持ち主はつまらなそうな声をあげた。

「失敗か。うまく行ったと思ったんだけどな」

紫は目を細める。《ｊｕｎｇｌｅ》のクランズマンか、と尋ねようとして、やめた。

聞かなくてもいいことを聞くのは、美しくないことだ。

だから、紫は微笑と共に言った。

「人の風流を邪魔するなんて、無粋なこと」

「知らねえよ。邪魔されたくなきゃ、こそこそ隠れてやることだな」

長杖のような棒から、電気の刃が現れている。それが三日月の正体だった。死神の鎌にも似た武器を携えながら、その子はぶっきらぼうに言った。

そう、子供だ。

紫の弟弟子よりも遥かに幼い。まだ中学生にもならぬ年頃ではないか。《ｊｕｎｇｌｅ》のクランズマンは多種多様、あらゆる階層の人間が集うというが、第一線で戦う上位ランカーの中でこんな子供を見たのはこれが初めてだった。

無論、だからといって、紫が刃を引くことはない。

戦意を持って紫の眼前に現れた時点で、それは敵ということだ。子供であろうが老人であろうが関係がない。戦う意思を持つ相手に、背を向けるという選択肢は、御芍神紫の中には存在しなかった。

油断なく構えながら、紫は尋ねる。

「あなた、名前は？」

「聞いてどうすんだよ」

子供らしい傲岸な口調に、紫は微笑みを深くする。

「さっきの奇襲はなかなかのものだったわ。六十五点をあげる、坊や」

子供の顔が、怒りに引きつった。

「ガキ扱いすんじゃねえよ。そういうのが一番ムカつく」

「なら名乗ることね。自己紹介もできない大人はいないわよ？」

「……ファイブだ。おまえをぶちのめす奴の名前、ちゃんと覚えとけよ！」

吼えて、ファイブは地面を蹴った。

紫は目を瞠った。

迅い。

地面すれすれからすくい上げるような一撃を、紙一重で躱した。緑のスパークが彼の髪の一筋を灼き、しかし肉を嚙むことは能わずに宙を薙ぐ。

がら空きとなったファイブの胴を、返した峰が強打しようとした。

そのとき、長杖の石突きから新たに電気の刃が生まれ、紫の一撃を防いだ。

「ハッハア！」

ファイブは笑う。再びつばぜり合う二本の刃、それを支点としてファイブは空中から蹴りを放つ。紫は側頭部を左腕でガード、つま先が二の腕にめり込む。そのまま腕を振り抜くと、ファイブの小柄な身体が夜闇に跳ね、くるりと回転して、屋形船の天井へと降り立った。

今さらのように、船頭が慌てて飛び出してきた。

「お客さん？　どうしたんですか⁉」

刀を構える紫を見て、船頭は言葉を失う。ぱくぱくと口を開閉させる彼に見向きもせず、紫は言う。

「すぐに終わるわ。引っ込んでいて頂戴」

「いえっ、しかし——！」

「貴方も斬られたいの？」

船頭は引っ込んだ。

「ハッ、物騒なオカマだな」

ファイブは屋形船の天井に足をつけながら、長杖をこちらに突き出した。

切っ先の刃は、先ほどとは様相を異にしている。鎌ではなく、三つ叉の槍だ。どうやらあの武器は、ファイブの意思に応じて形を変化させるらしい。だけでなく、どこからでも刃を出現させることができるのだろう。厄介だ。

紫は、しかし、その武器よりも、ファイブ自体に注目していた。

ファイブは嗤っていた。

夜の闇の中、電気の刃の照り返しを受け、緑色の笑みが浮かんでいる。この戦いそのものが楽しくて仕方ないというように。紫を仕留めるそのときを、待ち望むかのように。

油断なく『過』を構えながら、紫は静かに口を開いた。

「ファイブ。あなたは、なんのためにjランカーになるの？」

今まで、幾度となく口にした質問だ。

たいていの答えは、紫に失望をもたらした。流が夢見る無限の可能性とはほど遠い、見下げ果てるほどに卑近な目的しか、《jungle》クランズマンたちは持っていなかった。

目の前にいる少年は、果たしてそれらとは異なるのだろうか？

紫が抱いた疑問と希望に、ファイブははっきりと応えた。

「気に入らないからだよ」

紫は、目を瞬かせた。

質問の答えになっていない。そうは思ったが、ファイブは質問の意味を取り違えるほど愚かな少年には見えない。それよりも、なにか深い意味がそこに隠されているような気がして、紫は興味を惹かれるのを感じた。

「なにが、気に入らないの？」

「決まってんだろ。全部だ」

そう言って嗤うファイブの瞳は、子供のものには見えなかった。純真さからほど遠い、深淵のような暗さがそこに広がっている。

「おまえも、おまえをダシにしてなんか企んでやがる《緑の王》も、なんにも考えずにただ踊らされてる《jungle》の連中も、全部が気に入らねえんだよ。嫌いなんだ。裏でこそこそ細工して、人のこと支配した気でいる、おまえらみたいな奴が」

だから、とファイブは口の端を歪めた。

「おまえのことをぶちのめすんだ。そんでポイントゲットして、jランカーになって、《緑の王》に直に会って、そいつも気に入らなけりゃぶちのめしてやる。そうすりゃ――きっと、せいせいするだろうよ」

紫は呼吸を止め、まじまじとファイブのことを見つめた。

王が気に入らないから、ぶちのめす。

そのために、jランカーになろうとする。

クランに所属しながら、王に対する敬意も畏怖も持たず、むしろ敵意をもって挑もうとするクランズマンなど、ほとんど聞いたことがない。

――いいえ。

紫は思い直し、内心で小さく笑う。

敵意こそ持たずとも、王に挑んだクランズマンを、彼はひとり知っているからだ。

もっとも、ファイブとその男のあいだには、ずいぶん大きな開きがあるが――

「あなたは迷子なのね」

ぽつりとつぶやいた紫の言葉に、ファイブは怪訝な声をあげる。

「……あ？」

「いえ、違うかしら。だって、迷子なら帰る場所があるはずだものね」

ファイブの表情が一変した。

「あなたにはなにもない。目指す場所も、帰る場所も、今の居場所さえない。なにもないから、どうなってもいいと思っているんだわ」

「——」

「だから、そうね。あなたは迷子じゃない。あなたは——」

紫は、ふっと笑う。

「手負いの、ケダモノだわ」

かつて、比水が紫を評したものと、同じ言葉だ。

そのことにおかしみを覚える。だとすればこれはケダモノ同士の争いということになるのか。美しさとは無縁なようであり、あるいは、だからこそ純粋で、美しいのだという気もする。

「……そうだよ」

ファイブが唇を震わせながら答える。深淵の瞳に、危険な色が宿る。

「そのケダモノが——今から、おまえの喉を食い破るんだ！」

ファイブはぐっと身をたわめ、弾丸のような勢いで突進してきた。

三つ叉に輝く電磁の槍が、まっすぐに紫の首を貫こうとする。紫は素早く刀を閃かせ、それをはじき飛ばそうとした。

瞬間、ファイブが手元を捻らせた。

三つ叉がミキサーのようにぐるりと回転し、刀身を搦め取った。がっちりと固定されたように刀が動かなくなる。

ファイブが怒鳴り声をあげた。

「今だ!!」

ほぼ同時に、紫の背後、その足下から、黒い忍者がぬっと現れた。

全身から水を滴らせる忍者は、身動きできない紫の背中に、暗く輝く緑色の視線を向けた。二本のブレードがなめらかに動き、紫の背を切りつけようとする。

紫は刀を手放した。

力の均衡によって固定されていた刀身が、空中で円を描くように回転した。ぴったり百八十度回転した瞬間を狙い澄まして、紫は柄を逆手につかみ取り、背後に向かって突き出す。黒い忍者は二本のブレードを引き戻し、危ういところでその刺突を防いだ。

「このっ!」

奇襲が失敗したことを悟り、しかしファイブは強引に紫を仕留めようとした。さらに足を踏み込ませ、槍を紫の胸に突き立てようとする。

紫のしなやかな体軀が、ぐるりと回転した。

槍の切っ先は彼の脇をかすめ、背後の忍者に突き刺さった。

「あっ!?」

ファイブの表情に明らかな焦りが現れる。紫は口元を緩ませ、鼻先が触れあうような距離までファイブに顔を近づける。

「私の喉を食い破りたいなら、もう少し成長してからにすることね。小さなケダモノさん」

幼い顔立ちが怒りに歪み——

紫はその顔に、拳をたたき込んだ。

小さな身体が吹き飛び、船縁に激突する。ぐったりとうなだれるファイブに、紫は刀をくるりと回し、近づいていく。

その背中に、声がかかった。

「……子供相手に、容赦のないことだ」

紫は振り返った。

忍者はその場に跪き、顔を押さえていた。メカニカルなマスクがばちばちと火花を発している。先ほどのファイブの一撃で、破壊されたものらしい。

「敵に対して容赦するほど、寝ぼけてはいないわ」

「なるほど。正論だな」

紫は首をかしげ、刀の切っ先を突きつけた。

「あなたにはまだ聞いていなかったわね。あなたは、なぜ私を倒そうとするの？」

ジジッ、とマスクがショートし、忍者は一瞬のためらいのあと、それを脱ぎ捨てた。

その素顔を見て、紫は少しだけ驚いた。

「私はプロだ。金と、ビジネスのために動く」

その隙を突いて、忍者の身体が屋形船の中に沈んだ。

一瞬のことだった。とっさに動いても、仕留めることはできなかっただろう。

紫は背後のファイブを振り返る。

思った通り、ファイブの身柄は存在しなかった。おそらくは、あの忍者がもろともに運んだのだろう。鮮やかな撤退の手際は、あらかじめ想定していたものとしか思われない。

船上に、再びの静けさが戻ってきた。

「……プロにしては、子供に甘いこと」

紫はぽつりと答え、肩をすくめた。

◆

痛みで目が覚めた。

覚醒すると同時に、息苦しさも自覚する。呼吸がうまくいかない。口を開けて、大きく息を吸い込むと、ようやく肺に酸素が行き渡った。

なにが――、と、混乱しながら鼻に触れると、今までとは比べものにならない激痛が走る。

「づっ……!」

身体を震わせて、その痛みに耐えるスクナに、静かな声がかけられた。

「手当はすでに施してある。触れぬがよい」

そこで、ようやくスクナは、自らの枕元に誰かが座っていることに気づいた。

妙齢の女性だ。

金色の髪を黒いリボンで結び、メガネの向こうから眠たげな瞳がのぞいている。その身体を浴衣に包み、座布団の上でしどけなく膝を崩しながら、眠るスクナを観察していたようだ。

スクナは転がるように、彼女から距離を取った。

「誰だ、おまえは」

警戒心をむき出しにしながら、スクナは周囲を窺う。

八畳ほどの、がらんとした和室だった。四隅に置かれたぼんぼりが、幻想的な灯りで部屋の中を照らし出している。家具は驚くほど少なく、中央に敷かれた真白い布団と、壁際の和箪笥（わだんす）以外には、なにも存在していない。

「——どこだ？　ここは？」

スクナの疑問に、女性は肩をすくめて答える。

「都内にいくつかある、私のアジトだ。足を踏み入れたよそ者はお主が初めてよ。光栄に思うがいい」

しゃべり方で、目の前にいる人物が誰なのかがわかった。スクナは目を剝く。

「おまえ、黒子か……!?」

艶やかな唇が、笑みの形を作った。

「お主にマスクを破壊されたゆえ、素顔を晒（さら）さなければならないのは不服だが——ま、構わぬさ。プライベートで顔を隠さなければならぬほど、追い詰められているわけでもない」

スクナはその言葉に反応できない。あんぐりと口を開けて、目の前の事態を把握するのに精一杯になっている。

突っ込みたいところは山ほどあるが、まず最初に口を突いて出たのは――

「おっ、女だったのか⁉」

黒子はきょとんとした顔をした。

「なんだ。今さらだな」

「今さらじゃねーよ⁉　ずっと俺、おまえのこと、いい年こいて忍者のコスプレしてるヘンなおっさんだと思ってたんだぞ⁉」

「……ヘンなおっさん……」

黒子はやや鼻白んで、スクナのことをにらみ据えた。

「勝手な思い込みで私を定義するでない。素性は隠していたが、性別を隠したつもりはないぞ」

「はあ⁉　どこがだよ⁉」

「ヒールを履いていたであろう」

言われてスクナは黒子の戦闘服を思い浮かべる。確かに、靴の踵がとがっていたような気はする。が、黒子の風貌を見た人間は、まずそんなところには気づかないだろう。それよりも、メカニカルな頭部マスクや特殊部隊のような服装、背に負った手裏剣のようなブレードのほうに目を奪われるからだ。

ふふん、と笑う黒子の素顔は、どこか得意げだった。

「私が装備に求めるのは機能性だが、だからといってデザインをないがしろにするわけではない。

まあ、そこから私の性別を看破したものは今までにひとりもいないが」

「そうだろうよ……」

呆れながら言うと同時、スクナの腹が、きゅう、と鳴った。

思わず腹を押さえ、バツが悪そうに黒子を見上げる。

黒子は笑っていなかった。小さく頷き、立ち上がる。

「食事を持ってこよう。寿司とピザ、どちらが好みだ？」

スクナはかろうじて答える。

「……ピザ」

「承った」

黒子は音もなく襖（ふすま）を開け、部屋から出て行った。

あとには、スクナだけが残される。

ぐるぐると止めどない疑問が頭を巡っていたが、身体は思考とは別に勝手に動いていた。

どのような場所でも、まず最初に行わなければならないのは、戦力の確認と逃走経路の確保だ。

立ち上がると、和簞笥の上に、自分の端末と長杖が置かれているのが見えた。

襖と反対側の壁には窓が開き、都心の夜景を一望できるようになっていた。

窓には鍵もかかっていない。端末は問題なく起動できた。異能アプリを使用することもできる。

逃げ出そうと思えば、今この瞬間にも逃げ出すことができるだろう——

それを知り、スクナはその場にすとんとしゃがみ込んだ。

唇を引き結ぶ。鼻にぐるぐると巻かれた包帯に触れる。涙が出るほどの激痛が走り、その痛みが、スクナの記憶を呼び戻した。

襲撃は、完全に失敗した。

あの男に、スクナと黒子の二人はまったく太刀打ちできなかった。決死の一撃もなんなく回避され、スクナは顔面に、痛烈な一撃を食らい——

次に気がついたときには、ここにいた。

「…………」

「触れぬがよいと、忠告したはずだが」

盆を抱えて戻ってきた黒子は、どろりと淀んだスクナの瞳を見て、目を細めた。

彼女はそれきりなにも言うことはなく、枕元に盆を置いた。その上には、パックの寿司とミニサイズのピザが載っている。黒子はパック寿司のフタを取り、イクラの軍艦巻きをつまんでから、不思議そうにスクナを見た。

「食べぬのか？」

「……食う」

スクナは黒子の前に移動し、あぐらを掻いた。

一枚目のピザを食べ終え、二枚目のピザを手に取ったところで、ようやくスクナは黒子に尋ねた。

「……あのあと、どうなったんだ」

「お主を連れて船から脱出した。あの男は追ってはこなかったよ」

「それで、気絶してる俺を、わざわざ自分のアジトまで運んだってのか？」

あからさまな不審を声に込めて、スクナはそう言った。

「なに企んでる？　おまえ、そんなことする奴じゃねえだろ」

黒子は肩をすくめる。

「私がお主を助けたのは、それが私のリスクを増やすものではないと判断したからだ。『土遁』を使えば、子供ひとりくらいは容易に運ぶことができる」

「……嘘くさいな」

「信じられぬならそれでもよいさ。お主に信頼してもらう必要はない」

あっさりとした黒子の言葉に、スクナはそっぽを向き、ピザにかぶりついた。

咀嚼（そしゃく）しながら、思う。

——負けた。

その事実だけが、じくじくとスクナの胸を蝕んでいる。

これまで、ミッションに失敗したことがないわけではない。他のプレイヤーとバトルになり、敗北したこともある。だが、それらの敗北は決定的なものではなかった。そのときには太刀打ちできなくとも、ランクを上げ、異能を充填し、再び挑んで、必ず打ち勝ってきた。

だから、今度もそうする。

「それで」

食事を終え、一息ついてから、スクナは尋ねる。

「次はどうする?」

「次?」

黒子がオウム返しに尋ねる。スクナは苛つき、端末を手に取って示した。

「次の作戦だよ。まだ討伐ミッションは続いてる。時間までに、なんとしてもあのオカマ野郎をぶちのめさないと、失敗になっちまうだろ」

「そんなものはない」

黒子の声は、常識を口にしているがごとく確固たるものだった。

「私はこのミッションから手を引く。我々とあの男では、実力が違いすぎる」

スクナは、険しく眉根を寄せた。

「……なんだよ。怖じ気づいたのか?」

「そう受け取ってもらっても構わぬ。勝てない戦いに挑むほどロマンチストではないのでな。ミッション失敗のポイント減算は痛いが、他のビジネスで補塡はきく」

「…………」

黙り込み、うつむいたスクナを見て、黒子は「まさか」と言葉を続ける。

「お主、再び挑むつもりなのか?」

スクナは上目遣いに黒子をにらみつける。答えることはなかったが、その視線だけで、彼の意思は十分に伝わったようだった。

黒子はペットボトルのお茶を一口飲み、ふう、と息を吐く。

「なぜだ？」

——なぜ？

スクナは口を開きかけ、また噤んだ。

理由を聞かれても、スクナの中に答えは存在しなかったのだ。ただ、そうするという決意だけが、なみなみと満ちている。

スクナはあの男に挑み、負けた。

それならば、次は勝たなくてはならない。勝つまで挑みつづけなければならない。あるいは負けて死ぬまで。ただ負けて、それきりなにもせずにいるなど、スクナにとっては許せることではなかった。

それは、逃げるということだからだ。

負けるのはいい。

負けっ放しで逃げることだけは、許されない——。

黒子はそんなスクナを観察し、ため息をつくような口調で、

「——私は、お主のことを高く評価している」

そう言った。

「お主は感情ではなく計算で動く人種だと見たからだ。そういう人間がひとりいると、今後のビジネスがなにかとやりやすいのでな。それも助けた理由ではある」

だが、と黒子は首を振った。

「あの男の言った通りだな。お主にはなにもない」

「…………っ！」

「未来も、目的も、自らが向かう先さえ自分でわかっていない。お主はただ、怒りと苛立ちに突き動かされているだけ。痛みに耐えかねて暴れているだけだ。手負いのケモノがそうするごとく」

ずくん、と心臓が鳴った。

フラッシュバックのように、脳裏に光景が蘇った。

二人で駆け抜けた裏道。共に口にした駄菓子とサイダーの安っぽい味。一緒に《ｊｕｎｇｌｅ》を駆け上がろうと言い合った幼稚な誓いと、隣で輝く朗らかな笑顔。

初めて尊敬できる相手に出会った。こいつみたいになりたいと心の底から思えた。

生まれて初めての友達は、けれど、大人が用意した偽物だった。

だから、スクナにはなにもない。つかんだものが偽物だと知ったとき、スクナはそれを放り捨てた。自らを取り巻くなにもかもを捨てて、ただひとりで生きるために、逃げ出した。

スクナには、ただ、癒やしようのない傷だけがある。

それはまだ血を流している。痛みを発している。だから、それに触れられることは、スクナにとっては苦痛でしかなかった。

気づけばスクナは身を乗り出し、手を伸ばして、黒子の胸ぐらをつかんでいた。

「……おまえに」

絞り出すように、スクナは言う。

「なにがわかるんだよ。俺の、なにが」

黒子の反応は、どこまでも冷淡だった。

「わかりたくもない。理解や共感を求めるなら《吠舞羅(ホムラ)》にでも駆け込むのだな」

彼女はスクナの手を軽く払いのけると、浴衣の襟元を正して立ち上がった。メガネの向こうの瞳は、冷たく澄んでいる。

「食事が済んだのならさっさと出て行くがよい。ミッションを続けるのもお主の自由だ。助けたのが無駄になるが、それもお主の選択だろう」

黒子は、和室から出て行こうとして、ふと足を止めた。

「なんのために戦うか、か」

それは独白に似ていた。わずかに天井を見上げながら、彼女はぽつりと、

「あの男、ふざけた口調と格好の割に、なかなか核心を突いた質問をする。《ｊｕｎｇｌｅ》のようなクランにおいては、自らの目的を見定めることは、思いのほか重要なのかもな」

それきり、黒子はいなくなった。

スクナはその場に座り込みながら、自らの端末を、じっと眺めていた。

◆

なぜ自分に挑むのか、とあの男は問うた。

気に入らないからだ、とスクナは答えた。

事実、スクナは気に入らなかった。あいつも、H・Nも、黒子も、他の《ｊｕｎｇｌｅ》ユーザーも、なにもかもが気に入らなかった。

誰にも心を許すことなどできなかったし、そうしたくもなかった。自分は永遠のソロプレイヤーで、ただひとりで頂点まで上り詰めるか、途中で負けて死ぬのかのどちらかだと思い定めていた。

もしも上り詰めることができたとして、そのあとになにがしたいかなんて、想像したことさえなかった。

だから、スクナには、なにもない。

それはつまり、三ヵ月前、家を捨てて逃げ出したあの日から、自分がなにひとつ前に進んでいないということを意味していた。

スクナは《ｊｕｎｇｌｅ》に逃げ込んだだけだ。そこは彼の逃げ場所であり、目的地ではなかった。密林をさ迷うケモノのごとく、うろつき回っていただけ。過去と現実を直視しないため、ゲームに没頭していたに過ぎない。

スクナはそのことを思い知った。

思い知って、そして、考えた。

――なら、俺は、どうすればいい？

いや、とスクナはひとりで首を振る。その自問も間違っている。自分にとって大事なのは、『やるべきこと』ではない。

——なら、俺は、どうしたいんだ?

『やりたいこと』だ。

その答えは、案外簡単に出た。

スクナにとって、《.jungle》は力であり、逃げ場所であると同時に、ゲームであった。

ゲームとはクリアするためにある。

どれだけ強大な敵がいようとも——いや、強大であるからこそ。

その敵を打ち倒すことだけが、今のスクナの望みであった。

埠頭は朝靄に霞んでいた。まだ明け切らぬ空は群青に染まり、はるか水平線に滲む白々とした色合いが、夜明けが遠くないことを告げている。

錆びたコンテナに寄りかかりながら、スクナはその空を、ぼんやりと眺めていた。

不意に、頭上から羽音が聞こえた。

首をねじ曲げ、見上げると、コンテナの上に、一羽のオウムが止まっていた。

コトサカ。

《緑の王》の、目だ。

スクナはまっすぐにコトサカのことを見つめる。その向こうにいる《緑の王》のことを。そして、《緑の王》もまた、スクナのことをじっとのぞき込んでいた。

やがて、彼はぽつりと尋ねた。

「なぜですか？」

奇しくも、それは黒子やあの男が口にしたものと同じ言葉、同じ疑問だった。こいつもかよ、と呆れ、スクナは投げやりな口調で返す。

「なんのことだよ」

「きみの行動のことです。きみはほぼすべてのジャングルポイントを消費して、『アイテム』を買い集め、再び討伐ミッションに挑みました。失敗すれば、ポイント減算によって、きみのアカウントは剝奪されます」

「……まあ、そうなるな」

「なぜそのような行動に出たのですか、ファイブ？　きみと彼の実力差は歴然としています。大量の『アイテム』があるとはいえ、勝算は低い。これが自殺行為に等しいことくらい、きみにもわかっているでしょう」

もちろん、そんなことはわかっている。

スクナに現在残っているポイントは、１０００に満たない。ミッションに失敗すれば彼のポイントはマイナスとなり、その時点で、今まで積み上げてきた《ｊｕｎｇｌｅ》プレイヤーとしてのキャリアは消滅する。

そうしてスクナは無力な子供に逆戻りし、あの家に帰るしかなくなるだろう。

それがいいんだ、とスクナは思う。

「……ずっと」

ぽつりと、スクナは声を漏らした。

「ずっと《ｊｕｎｇｌｅ》をやってきたのは、この世界なら生きられるって思ったからだ。もしもここに逃げ込まなかったら、俺はクソみたいな大人が作ったクソみたいなルールに縛られて、今頃は窒息して死んでたんじゃないかって思う」

彦太郎のことを、思い出した。

いや、違う。

忘れたことなど、片時もないのだ。

《ｊｕｎｇｌｅ》は彦太郎が与えてくれた、ただひとつの『本物』だった。本物の世界であり、本物の力だった。その世界に生き、その力を行使しつづけてきたスクナの片隅には、常に彦太郎の存在が焼き付いていた。

「でもさ、やっぱりそれって、違うんだよな。俺はただ、あの家から逃げたくて、どうしようもなくなって、『ここ』に逃げ込んだだけだ。『ここ』でなにかをしたかったわけじゃ、ないんだ」

あの夏の日に、彦太郎と共に駆け抜けた裏道は、新鮮な驚きと輝くような喜びに満ちあふれていた。

今、その驚きと喜びは、スクナの中にはない。《ｊｕｎｇｌｅ》は色あせて荒廃した世界でしかなかった。

スクナはそこで生きてきただけだ。逃げていただけだ。

「だから——もう、逃げるのはやめようと思ったんだ」

水平線の向こうから、朝日のかけらが姿を現した。

まぶしげに目を細め、コンテナから身を離す。『身体超強化』によってブーストされた聴覚が、埠頭を歩くひとつの足音を捉えていた。

スクナは顔を歪ませる。

引きつるような、それは笑みであった。その足音は、スクナが生きていく上で必要なものではない。むしろ血相を変えて逃げなくてはならないはずのものであるにもかかわらず、彼は笑っていた。

それこそが、彼が欲していたものだからだ。

「彼に挑むことが、逃げるのをやめるということなのですか?」

スクナは呆れたようにコトサカを見て、ぼやいた。

「《.jungle(こんなの)》を作ったくせに、ゲームやったことないのかよ?」

おぼろげであった輪郭が、近づくにつれてはっきりとしはじめる。豪奢(ごうしゃ)な紫の髪。黒のロングコート。異様に長大な刀を背に負い、端整な顔立ちからは、匂い立つような自信を溢れさせている。

「ボスキャラを倒さないと、先には進めないんだぜ」

そして、スクナは彼の前に立った。

彼はスクナを見て、にこりと笑った。

「お誘い感謝するわ、ファイブちゃん。挑戦状だなんて、年の割に古風なことするのね？」

「あんたに合わせてやったんだよ。好きだろ、こういうの？」

「ええ」

その笑みが、深くなった。

「大好き」

ざわり、とスクナの背中に鳥肌が立った。

「我が君（ミ・ロード）の御前での決闘だなんて、心が躍る。血がたぎるわ。こんなシチュエーションを用意してくれるなんて、ファイブちゃんにはなにかお礼をしなくちゃね？」

「――なら」

湧き上がる戦慄を、吹き出る冷や汗を抑えるように、スクナは言った。

「あんたの名前、教えてほしいね。ビューティ☆エンジェルなんてふざけたハンドルネーム、なるべく口にしたくないからさ」

「そう？　いい名前じゃない？」

「どこがだよ」

くすっと笑い、それから彼は、自らの胸に手を当てて、

「御芍神紫」

そう名乗った。

「それが私の名前よ。これでいいかしら、ファイブちゃん？」

「スクナだ」

スクナは長杖を構える。スキル『雷の刃』をアクティベート。緑色の電気の刃が、朝靄の中に輝いて出現する。

「五條スクナが、俺の名前だ」

「ちゃんと名乗れるのね。偉いわ、スクナちゃん。――それじゃあ」

そうして、御芍神紫は、ぞろりと刀を抜いた。

「始めましょうか」

ボスを倒さなければ、前に進むことはできない。

どれだけ強大でも、どれだけ難敵でも、逃げ出すことはできない。負けることはゲームオーバーを意味する。ゲームと違うのは、やり直しがきかないということだけだ。

勝って上がるか、負けて死ぬか。

全身にひりつくような現実の冷ややかさを感じながら、スクナは獰猛に笑った。

◆

足場を破壊され、危ういところでコトサカは宙に逃れた。

「クワッ、クワーッ！　ユカリ！　アブナイ！　アブナイ！」

「ごめんなさいね、コトサカちゃん――！」

紫は一瞬の謝罪を述べて、またすぐに戦闘へと戻っていく。頭上すれすれを薙いだ『雷の刃』をかいくぐり、スクナへと肉薄する。

「ふっ！」

全身で鎌を回転させていたスクナは、その勢いのまま後ろ蹴りを紫へと叩きつける。紫は足を上げてそれを防御し、刀を真上から振り下ろした。が、そのときにはもう、スクナは蹴りつけた反動で背後に跳躍し、コンテナの側壁に飛びつき、

「ハッハアッ！」

再びそれを蹴って、紫に襲いかかった。

緑の電刃が、長大な白刃が、それぞれに振るわれる。そのたびに、コンテナや街灯やフェンスが切断され、あたりに破片をまき散らした。後始末はきっと大変だろうが、それは流ではなく《セプター4》の仕事だ。

彼の仕事は、むしろ『事前』にあった。この『決闘』が周囲にバレることのないよう、意図的に人の流れを操作し、あるいはミッションを作成して偽の交通規制を施してある。《セプター4》はすぐに勘づくだろうが、その頃には戦いは終わっているはずだった。

それだけの仕掛けをしてでも、流はこの戦いの行く末を見届けたかったのだ。

「紫の野郎、本気だな」

独り言のようなつぶやきは、間近で囁かれたようにも、遠くで響いたようでもあった。

コトサカを媒介して誰かと接触するとき、流はコトサカそのものになる。コトサカの目で物を見、コトサカの耳で物を聞くことになる。それでいながら、遠く離れた『秘密基地』にある比水流の本体にもまた、意識があるのだ。

遠く、近く、つぶやく磐舟の声が、流の脳内にブレて聞こえる。

「まさか、殺す気じゃないだろうな」

埠頭の片隅、廃倉庫の屋根に止まったコトサカの首が、かくりと傾いだ。

「このミッションの目的は有望なプレイヤーの発掘にあります。そのことは、紫には念を押してあります」

「ならいいんだけどよ――」

「むしろ、俺たちが懸念すべきは紫の安全でしょう。ファイブ――、五條スクナは、完全に紫を殺しにきています」

ぎょっとする気配が伝わってくる。

「紫がスクナに負けるってのか？」

「どのような可能性も、ゼロではありません」

眼下で繰り広げられる激しい戦闘を観察しながら、流はそう答えた。

スクナはゴム鞠（まり）のように飛び跳ねながら、縦横に鎌を振るう。紫は斬撃を回避し、あるいはいなしながら、防戦を続けていた。それでもその口元に浮かぶ笑みは余裕に満ち、いささかの揺らぎも見せなかった。

二人の実力差ははっきりしている。黒子との二人がかりでも敵わなかったのだ。単独で、スクナが紫に勝てるはずがない。

それでも、スクナは全力で、足掻いていた。

スクナがアイテム『電気の網』を地面に叩きつけると、緑色の電気が蜘蛛(くも)の巣状に広がった。足を搦め取られれば、電流が走って身動きを封じるという能力だ。紫はそれを跳躍して回避、空中で何度か姿勢を変えながらスクナに斬りかかる。

瞬間、スクナの眼前に、緑色の壁が現れた。

「無駄です」

流がつぶやき、磐舟がため息をついた。

『雷の壁』は、異能アプリの中でも最高クラスの防御力を誇る。先日紫に挑んだuランカーが使用していたものだ。

だが、紫の刀は、それを易々と切り裂く。スクナがそのことを知らないはずがない。あの映像は彼も目にしていたはずだからだ。

では、なぜあの『アイテム』を使用したのか——？

そう思った矢先、切り裂かれた『雷の壁』が、炸裂(さくれつ)した。

「なるほど。壁は防御ではなく、目くらまし」

切り裂かれた箇所から放たれた電気の奔流は、刀を伝わって紫の全身に駆け抜ける。先ほど回避された『電気の網』を、再び使用したのだ。目に見える攻撃ではなく、おびき寄せるトラップとして。

全身を走る電流は、神経の端々までを焼き尽くし、極限の苦痛を与える。

それほどの苦痛に苛まれながら、紫は、しかし獰猛に笑った。

「なかなかね！」

刀を返し、紫は自らを苛む電気の奔流に、さらに踏み込んだ。

優雅を旨とする普段の紫には見られない強引さだ。その向こうでアプリを起動させていたスクナは、素早く後退しようとして、回避しきれなかった。跳ね上げられた切っ先に肩口を切り裂かれ、血の筋を宙に流しながら吹っ飛んでいく。

紫はさらに踏み込んだ。

刀を水平に構え、一直線にスクナに追撃をかけようとする。その瞳に宿るのは、針のように鋭い喜悦の光だ。それを見た流の心中を、コトサカが代弁してくれた。

「ユカリッ、アブナイ！　コワイ！」

然り。紫の表情は、危険なまでに研ぎ澄まされている。あれだけの男が、まさか戦闘本能に飲まれるなどということはあるまい。だが、御芍神紫の本質が、人間が生死の狭間に見せる煌めき（きら）に惹きつけられるということを、流は知っていた。

そして、今、スクナの輝きは燦然（さんぜん）として、流にさえまばゆく見えるほどだ。

「ハッ！」

哄笑（こうしょう）とも気合ともつかぬ声を発して、スクナは吹っ飛びながらぐるりと後転し、着地した。大きく長杖を振りかぶったときにはもう、『雷の刃』は薙刀のような形に変化していた。

首筋を狙って振るわれる薙刀を、紫は自らの刀で払った。

そのまま剣戟が続く。一合、二合、三合。スクナは薙刀を振るいながら素早く後退し、紫はぴったりとそれに張り付いていく。四合、五合、六合。ワルツを踊るかのように、つかず、離れず、一定の距離を保ったまま追撃の手を休めない。七合、八合、九合――コの字に配置されたコンテナが、スクナの背後に迫った。紫が精妙な位置取りによって、そちらに追い込んだのだ。

スクナは速度を緩めることなく、背中からコンテナに激突し――

そのまますり抜けて、反対側に転がり出た。

アイテム・『土遁』だ。

ガンッ、と鈍い音がした。紫がコンテナを蹴りつけ、速度を止めた音だ。癇癪を起こしたかのような素振りながら、紫の顔には、晴れやかな笑みが浮かんでいた。

「素晴らしいわ、スクナちゃん！　人というものは、ただ一晩でこれほどまでに成長するものなのね！」

埠頭全域に響き渡るような、紫の大声とは対照的に。

「……へっ」

コンテナの反対側に背中をつけて、息を荒らげながらスクナはつぶやく。

「成長、なんかじゃ、ねえよ。なりふり構ってられないだけだ――」

大量に購入した『アイテム』を、湯水のように使いながら、スクナはかろうじて紫に食らいついている。ようやく食らわせた電流も、紫にはどうというダメージにもなっていないようだ。

スクナは肩口から血を滴らせながら、長杖で身体を支えつつ、その場から離れた。

流には、そのすべてが見えていた。

彼は、傍らに佇む自らの理解者に、ぽつりとつぶやく。

「——イワさん」

「ん？　なんだ？」

「俺は彼が欲しいです。五條スクナを、俺のクランズマンにしたいです」

それは、半ば無意識の言葉だっただろう。

紫に挑むスクナを観察しながら、流はかつてのことを思い出していた。

七年前、自らが、最強の王たる《黄金の王》國常路大覚に挑んだときのことだ。

あのとき、流が國常路に挑んだのは、いくつか理由があった。彼を倒し、石盤を奪取するため。《緑の王》としての自らの力を、存分に試すため。この国を支配し、この体制を維持する中核の顔を、直に我が目で見るため——

自らの無謀な行いを、流はうまく説明することができなかった。ただ、なにかに突き動かされてそうしたのだとしか言えない。

だが、奇しくもスクナの言葉は、流の動機を端的に説明したものだった。

ボスキャラを倒さなければ、先に進むことはできない。

だから流は國常路に挑んだ。今、スクナが紫に挑んでいるように。

その戦いは今も続いている。一度の敗北で終わってしまうほど、ぬるい戦いを始めたつもりはなかった。《.jungle》を作り出したのも、無数のミッションをばらまいたのも、今こうして最高のプレイヤーたちの戦いを目の当たりにしているのも、すべてはその戦いに――人類を変革させるための戦いに、勝つためだ。

「俺には彼が必要なのです。そのことが、はっきりわかります」

だから、と流は無意識のまま、言葉を続ける。

磐舟の答えはシンプルだった。

「それならそうしろ。おまえがこのクランの王なんだ。王には臣下を選ぶ権利がある」

「ですが、俺にはあの戦いを止める権利はありません」

流は淡々と答える。そのくせ、その瞳には熱情に近いものが滲んでいる。

「《.jungle》は、なによりも個々のプレイヤーの自由を尊重します。あの戦いは、彼らだけの自由です。それに口を出すことは俺にはできません」

ぎしり、と軋む音がした。

遥か遠くで（すぐ首の下で）、拘束服が軋んでいるのだ。流のもどかしさを表すかのように。

磐舟が片眉を上げ、そんな自分を見つめていることに、流は気づかない。彼はただ、眼前で繰り広げられる、美しくも凄絶な戦いに魅入られている。

「教えてください、イワさん。俺はどうすればいいのですか」

譫言（うわごと）のような流の言葉に、磐舟は肩をすくめ、彼に背を向けた。

「……祈るしかねえな。スクナが紫に勝ち、二人とも無事でいられるように」

そのような可能性がほとんど存在しないことを、流は誰よりもわかっていた。

◆

「――はっ、はっ、はっ、はっ、はっ――」

呼吸が荒い。肺が焼け付くようだ。右肩の熱痛は、静まるどころか鼓動ごとに強くなっていくようだ。回復系の『アイテム』とかありゃよかったのにな――などという、ゲーム的な思考をもてあそびつつ、スクナは入り口を振り返った。

廃倉庫の、鉄製の扉が、十字に切り裂かれた。

重々しい音を立てて、扉の破片が地面に落ちると共に、朝日が倉庫内に差し込んできた。それを背にしながら、彼は軽やかに刀を振り回し、中に足を踏み入れる。

「ここが決戦の場所かしら?」

怪物は、艶然とした笑みを浮かべた。

そう。怪物だ。それしか形容の言葉がない。

買い集めた『アイテム』をすべて駆使し、スクナは御苛神紫に挑んだ。半分ほどは回避されたが、半分ほどは直撃させたはずだ。

それなのに、紫は平然と佇んでいる。

並のプレイヤーなら、十回は死んでいてもおかしくないほどのダメージだ。そんな猛攻を受けて、なお平気でいられるというのは、見かけによらず異様なほどのタフネスなのか――あるいは、別のからくりでもあるのか。

どちらにせよ、推測している時間も、対策を立てる余裕も、ありはしない。

ほぼすべての『アイテム』を使い尽くした。この倉庫の仕掛けが最後だ。これが外れれば、万策は尽きる。自分は敗北し、《:jungle》アカウントを剝奪され、そして。

そして――

「へっ」

スクナは強いて笑い、自らの思考を遮断した。

負けたあとのことなど考えても仕方がない。そんなものはすべてが終わったあとにすればよい。

今はただ、勝つことだけを考えろ！

「ケリをつけようぜ！　御芍神紫！」

その声を聞いて、紫の表情が、手にした刃のごとく研ぎ澄まされた。

「……参る」

刀を担ぎ、身を低くし、紫は駆け出した。地を這う水銀のようになめらかな速度。一切の躊躇(ちゅうちょ)も迷いもなく突進してくる怪物の姿に、スクナは恐怖に等しい戦慄と、めまいに似たスリルを味わい――

そして、スクナの《:jungle》アプリ『グラスルート』が、廃倉庫にあらかじめ仕掛けられていた二十一個の使い捨て端末を、同時に起動させた。

起動と同時に、それらの端末は負荷に耐えかねてはじけ飛んだ。二十一個の端末は、自壊と共に激しくスパークし、まばゆいほどの緑色の輝きを放った。

それらの輝きは光と電気の速度で、天井付近に集まった。室内に生まれた緑色の太陽は、ばちばちと耳障りな音を発しながら、薄暗い廃倉庫の隅々までをはっきりと照らし出す。

最強のアイテム、『雷公』。

本来は、複数の《ｊｕｎｇｌｅ》プレイヤーから力を集めることで発動するものだ。スクナはそれを、疑似アカウントを付与した簡易端末によって代替した。二十一個の疑似アカウントは、その瞬間にポイントを使い尽くして『剝奪』されたが、そんなことはもはやどうでもよい。

紫は頭上を見上げず、ただ刀を水平にして掲げた。

そこに、『雷公』が降り注いだ。

神の怒りのごとき、熾烈（しれつ）な稲妻——これでも本来の威力に比べれば微々たるものだ。それでも、上位ランカーを屠（ほふ）って余りある威力を有している。

それほどの、攻撃を。

紫は防いでいた。

その場に片膝を突き、水平にした刀を頭上に構え、その刀からなんらかの力場を発生させて、耐えている。その表情から、余裕は消し飛んでいるのに、笑みは消えていなかった。獰猛な笑顔のままで、彼はスクナを見据えていた。

スクナは駆け出した。

今しかない。動きを止めている今ならば、仕留められる。——あいつに、勝てる！

その思いが、スクナを叫ばせた。

「おおおおおおおおおおおおおおおおおおおおおっ‼」

気合の雄叫びをあげながら、スクナは電気の鎌を振りかぶる。身動きのとれない紫の、その首筋めがけて、その鎌を——

紫の身体に、渾身の力が込められた。

降り注ぐ雷の圧力を、物ともせずに立ち上がる。全身の筋肉が鋼のように硬直している。刃を上に向け、そして。

彼は、雷を切り、裂いた。

「————」

スクナの目が見開かれる。眼前で、雷の飛沫が緑の余韻を残しながら、宙に溶けて消えていく。神の御業さえ切り開いた紫は、刃を返し、それをスクナに振り下ろした。

防御、
間に合わない。

仕掛けるしかない。

歯を食いしばる。足を踏み込む。全身を叩きつけるように、スクナは鎌を振るう。自らの首めがけて振り下ろされる刃のことなどまるきり無視して、ただ紫の首だけを求めて。

そのとき、倉庫の奥からなにかが飛来した。

銀色にきらめくブレードは、紫の首を狙い——紫はそれを、とっさにはじき飛ばした。

躊躇するより先に、無意識が動いていた。

スクナは一歩だけ余分に踏み込んだ。紫の首筋に突き刺さるはずだった鎌の先端が、その分だけ押し出され、紫のうなじをかすめた。

時間が静止したかのような一瞬が過ぎた。

紫は硬直している。ブレードをはじいたままの、両腕を広げるような姿勢のまま。

スクナも凍り付いている。鎌の形をした『雷の刃』を、紫の首に突きつけながら、その切っ先を微動だにもしようとしない。

スクナの肩が震えた。

唇を嚙みしめ、何度か瞬きをして、にらみつけるように紫のことを見上げる。

その瞳に、不意に涙が盛り上がった。血と泥で汚れた頰に、涙が伝っては落ちていく。

紫の声は、いっそ優しげだった。

「どうして、泣くの？」

「……ざけんなよ」

ぽつりと落とした怒りは、あっという間に燃え上がり、邪魔者へ向けられた。

「ふざけんなよ、黒子!!　誰が助けろなんて言ったんだよ!?」

倉庫の片隅の暗闇から、応じるように忍者が姿を現した。電磁の光を灯す目には、どのような感情も浮かんではいない。

「お主を援護するように依頼を受けた。ミッションを遂行したまでのこと」

「…………っ！」

ぎり、と歯を噛み鳴らしながら、スクナは紫から視線を離さない。離すことができない。このような状況にあっても、もしスクナが一瞬でも油断を見せれば、紫は即座に反撃に移るだろう。そうして逆転してしまうだろう。

勝利は紙一重の向こうにある。この鎌をほんの少し押し込むだけで、手に入れることができる。だが、その勝利は、果たして自分が欲していたものだろうか？

それを思うたび、スクナの目から涙が溢れる。

「ふざけんなよ――ふざけんじゃねえよ！　なんで、いつも、邪魔すんだよ！　おまえらの勝手な理屈で！　俺のやることに、手出しすんじゃねぇよ‼」

喉を嗄らすように、スクナは叫び。

同時に、彼の端末が、間の抜けた祝福をもたらした。

『ミッション達成！　ミッション達成！　ジャングルポイント、十万点ゲット！』

緑のオウムを模したキャラクターが、ホログラムで飛び回る。戦場跡めいた廃倉庫に、それはどこまでも場違いであった。

空気が抜けた風船のように、緊張感が萎んでいく。

スクナの手から長杖が滑り落ちる。同時に、スクナはその場にへたり込んだ。

「……くそ……！」

うなだれたスクナに、喜びの色はどこにもなかった。

勝利を得ることはできた。

だが、それは彼が望んだ形のものではなかった。

自分がなにを望んでいたのかなんて、スクナにはそれすらわからないが、それでも、これが違うことだけは、実感としてわかっていた。

そんなスクナを、紫は呆れたように見下ろしていた。

電気の余韻で穴だらけになったロングコートを脱ぎ、スクナに向かって放り捨てる。頭からコートをかぶせられたスクナは、殺意さえ滲んだ眼差しで紫のことをにらみつけた。

紫は腕を組み、微笑と共に言う。

「そんなにご不満なら、もう一戦しましょうか？」

「……あ？」

「もらった十万ポイントを使って、今度はもっと派手な『アイテム』を買いなさいな。次はどんな戦術を展開するか、今から楽しみね」

冗談でもなさそうな口調で、紫はそんなことを言う。

スクナはごしごしと袖口で涙を拭い、紫のことを見上げた。

口にしようとした答えは、羽音に遮られた。

「やめてください。紫」

オウムが羽ばたき、紫の肩に止まる。黄色いくちばしが、こらしめるように紫の耳をつついた。

「あいたっ」

と声を漏らし、紫は顔をのけぞらせる。

「もう、なにするのよ、流ちゃん？」

「もはや討伐ミッションは果たされました。二度も発動するつもりはありません」

「ミッションとは別よ。スクナちゃんが私ときちんと決着つけたいって言ってるんだもの。しょうがないでしょ？」

「確かに、ランカー同士の私闘は特に禁じられていません。ですが、それは話が終わってからにしてください」

それから、オウムはスクナのことを見た。

「ファイブ——五條スクナ。おめでとうございます。きみは討伐ミッションによって十万のジャングルポイントを得ました。jランカーに昇格するために、必要なポイントです」

「…………」

「きみはそれを、どのように使うことを望みますか？　それをすべて使い、紫と再戦することを望みますか？　それとも黒子のように、uランカーのままで居続けることを望みますか？」

紫はウィンクをし、黒子は影のように沈黙している。

それらを順繰りに見てから、スクナは突き放すように、

「おまえには関係ねえだろ」

だが、H・Nは、その言葉こそ関係がないというように、きっぱりと、

「俺はきみに、jランカーになってほしいです」

そう言った。

二の句が継げないスクナに、H・Nは矢継ぎ早に言う。

「俺はきみに会いたいです。会って、話がしたいのです。そのためにはきみにjランカーになってもらう必要があります。ですから、なってください」

――なに言ってんだ、こいつ。

スクナは呆れ果てて、そんなことを思う。

《緑の王》は、つまり、こう言っているのだ。

自分に会いに来るために十万ポイントを使ってくれ、と。

清々しくなるほど図々しく、けれど、子供のように純粋な欲求だ。そしてそれが本気であることが、このときのスクナにはなぜか理解できた。

《緑の王》が持つ、多様な性格のうちの、それはひとつであるように思えた。すべての企みの裏で謀を巡らせる黒幕であり、人の言葉にとんちんかんな答えを返す変人であり、あらゆる事象を制御し支配しようとする大物であると同時に、こいつはきっと、無邪気に好奇心にかられる子供でもあるのだ。

「……いいぜ」

スクナはあぐらを掻いて座りながら、すねた子供のような顔つきでつぶやいた。

「いっつも裏に隠れて、あれこれ企んでる奴のツラ、一度拝んでおいても損はないかもな」

2011年10月17日。午前7時25分。

五條スクナは、三ヵ月という最短の期間を経て、緑のクラン《.jungle》の最高ランク『.jランカー』へと昇格した。

第三幕

地下に住む王

「顔を合わせるのは初めてです。ですから、改めてこう言いましょう」

その男は、無感動に言った。

「はじめまして、五條スクナ。緑のクラン《ｊｕｎｇｌｅ》の『秘密基地』へようこそ」

拘束服を着せられ、車椅子に腰かけている。青白い肌とぼさぼさの黒髪、無感動な瞳。顔立ちは整っているが、どこか生気に乏しい。病人か、あるいは罪人を思わせる風貌だ。

——不気味な奴だな。

それが、五條スクナが《緑の王》比水流に対して抱いた、最初の印象だ。

「きみは最高ランクであるjランカーになりました。《ｊｕｎｇｌｅ》幹部の仲間入りです。おめでとうございます」

「別に、めでたくねーよ」

スクナは仏頂面で答える。ここまで来たのは、《緑の王》である比水流の顔を確かめるためだ。今まで自分や他のプレイヤーたちを、いいように利用してきた男の姿を、この目で見るためだ。なんならそのまま戦いを挑み、顔に一発入れてやってもいいとさえ思っていた。

人を支配し、利用して、思いのままにしようとする奴らには——虫酸が走る。

スクナの両親が、まさにそういう人種だったからだ。

そう言ってやると、流は心底不思議そうに、

「俺は他人を支配したいなどと思ったことはないです。誤解です」

スクナは鼻白む。言っていることとやっていることが、あまりに違うように思えた。

「俺はすべての人間が『自由』であるべきだと思っています。俺はこの世界を変革し、そうあれる世界を作ります」

「なにを……」

「きみには夢がありますか。五條スクナ」

何気ない一言が、ざくりとスクナの胸を抉った。

夢。目的。未来。

そんなものはない。あるわけがなかった。スクナにはなにも、ないのだから。かつて親友と共に抱いた夢は、そいつと共に消えてなくなった。スクナはただ、なにもかもから逃げつづけ、そうしてこの場所にたどり着いたに過ぎない。

「……ねえよ……んなもん……」

弱々しく言って、スクナは目を伏せる。

流は、けれど、哀れみや嘲りなど見せることなく、淡々と語った。

「きみに夢がないというのなら、俺の夢を一緒に見てください」

流はまっすぐにスクナのことを見つめている。無感動な瞳の奥に、なにか、不可思議な炎が灯

っているように思えた。

「この世界がつまらないというのなら、俺がこの世界を舞台におもしろいゲームを作ってみせます。だから一緒に遊びましょう」

スクナは呼吸を止めた。

かつて、親友が口にした言葉が、脳裏にリフレインした。

——だからさ、スクナ。一緒に遊ぼうぜ！

あのときの感動とワクワクを、忘れたことはない。どこまでも駆けていけると思った。自由のまま、思うままに、目の前に広がる無限の世界を呼吸できると思っていた。

それは結局のところ、偽りでしかなかったのだけれど。

流は、それが本当になる世界を作り出そうとしているのだという。

世界を作るなんて、今まで考えたこともなかった。世界とはただそこに在るもので、自分の意思でどうこうできるものではない。スクナの中で、それは疑いようのない常識であった。

だが、目の前にいる不気味な青年は、それを『本気』でやろうとしている。

『正気』かどうかは、まだわからない。

「——わかった。いいぜ」

スクナは、強いて笑い、そう言った。

「ただし、クソゲーだったら速攻で切るからな」

どうせ自分には、やりたいことも、やるべきことも存在しない。それならば、エンディングのあとの裏ダンジョンに挑むくらいの気持ちで、こいつに付き合ってやるのもいいかもしれない。

その果てになにが待ち構えているのかは、まだわからない。

だが、もしもあのときの、無限に広がる世界を、もう一度見られるとしたら。

きっと、それこそが、なにもないスクナの望みになってくれるのだろう。

「歓迎です。スクナ」

無感動にそう言った流の目は、なにか、不可思議な光を宿しているように見えた。

◆

「というわけで」

流のそんな一言から、『それ』は始まった。

「歓迎会を開こうと思います」

「は？」

ぽかんとしているスクナを捨て置いて、他のメンバーは忙しく立ち働きはじめ、あっという間に『歓迎会』の準備を終わらせてしまった。

気がつけばスクナは、四畳半のちゃぶ台の前、『歓迎☆初の正規・Jランカー・五條スクナくん！』の垂れ幕の下に座らされていた。謎のとんがり帽子もかぶらされている。

「……なんだこれ」

スクナとしては、そう言うしかない。

「おいおい、聞いてなかったのか？　おまえの歓迎会だろうがよ」

答えたのは、《ｊｕｎｇｌｅ》幹部の磐舟天鶏だ。無精ひげを生やしたカソックコートの中年男で、最初期からの《ｊｕｎｇｌｅ》のメンバーであるらしい。

「なにしろ、正式なルートでｊランカーに加入したのは、スクナちゃんが初めてですものね」

「メデタイ！　メデタイ！」

「はい。ようやく俺の考える《ｊｕｎｇｌｅ》が稼働しはじめた証です。感動です」

台詞の割に、流は無表情を崩していなかった。スクナは釈然としないものを感じつつ、コップに注がれるオレンジジュースを眺めていた。

「それでは、改めまして、『ファイブ』こと五條スクナの加入を祝って――乾杯です」

「「乾杯！」」

磐舟と紫とコトサカが声を合わせる。磐舟は缶ビール、紫はワイン、コトサカはトレイに満ちた水であり、流に至っては乾杯と言いつつ杯を持ってすらいない。というか、こいつはどうやって食事をするのだろう。人に食べさせてもらうのだろうか。あるいは、なにかしらの異能を使って食べるのだろうか――？

「どした？　難しい顔して？」

磐舟の言葉に、はっと我に返る。

「いや、別に。俺の部屋、どこにしようかって思って」

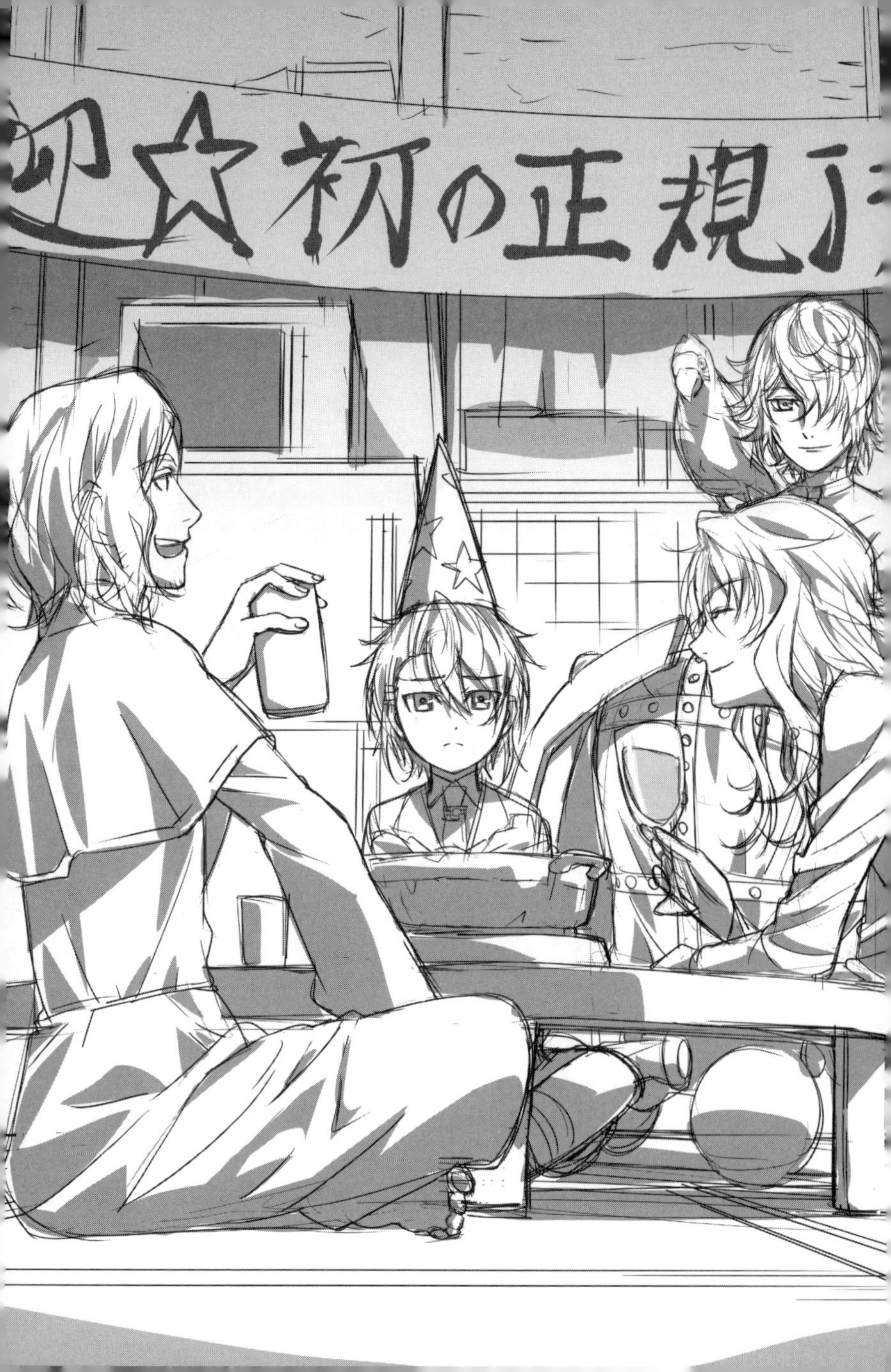
迎☆初の正規

「ああ、そういやおまえ、ここに移るんだったな」

スクナは浮かない顔で頷いた。

この場所――『秘密基地』にて、スクナはしばらく暮らすことになっていた。今まで住んでいたマンションは、すでに実家の知るところとなっている。新しい住居を用意するまでの繋ぎは、どうしても必要だった。

「ま、住み着くつもりがないってんなら、この部屋で暮らしたらどうだ？　布団は余ってるぜ」

「ここで？」

スクナは眉根を寄せた。他人との共同生活なんて、考えただけで鬱陶しそうだ。

が。

「いいじゃんか、言っちゃなんだけど、ここまで家具を持ってくるのは一苦労だぜ。な、紫？」

「入り口からここまで運ぶのは、すべて自力ですものね。傷つけないように入れるのは苦労したわ……」

紫はしみじみとつぶやく。

『秘密基地』は都心の地下にある広大な空間だが、その名称の通り存在自体が徹底的に隠されている。《ｊｕｎｇｌｅ》幹部しか出入りを許されず、それゆえに荷物を運び入れるときは、常に自らの手を使わなくてはならないのだ。

目の前でぐつぐつと煮えている鳥鍋も、大皿に山盛りになったカラアゲも、素材は磐舟が『上』のスーパーで直接買い付けてきたものだ。秘密主義のくせに所帯じみている、というこの空間に、ますますわけがわからなくなってくる。

「そろそろいい頃合いだな？　ほれ、野菜食え野菜」

あっ、と声を出したときにはもう、磐舟は勝手にスクナの椀を持ち上げていた。豆腐と鶏肉、三つ葉やら白菜やらエノキダケを、これでもかと入れてくる。あっという間に大盛りになった椀に、スクナは不満げに唇をとがらせる。

「……勝手なこと、すんなよ」

「いいじゃねえか、子供はたんと食って大きくなるもんだぜ。うわっははははは！」

よくわからないタイミングで笑う磐舟に、スクナは怒ることもできず、ただ黙り込んだ。

磐舟は、今までスクナが出会ったことのない種類の『大人』だった。

スクナにとっての『大人』とは、堅苦しく、息苦しく、いつもなにかを取り繕っている生き物だった。両親や家の使用人、学校の教師たちは、そういう人種だったように思う。

が、磐舟はまるで違う。

初対面のときから遠慮なくスクナの頭を撫でくり回してくるし、昼間っから缶ビールを空けて赤ら顔になるのも、どうやら日常茶飯事のようだ。本人の言うところの『ろくでもない大人』であるのは、間違いがない。

スクナの母親が見れば、はっきりと嫌悪を示しただろう。

だが、スクナは彼のことを、嫌いになれなかった。

今までスクナが知る『大人』が、常に浮かべていた仮面のような笑みは、彼にはどこにも見当たらなかったからだ。

スクナは数秒間、目の前の椀を見つめ、鶏肉と白菜を一緒に口に放り込んだ。

「――――」

うまかった。

噛みしめると、肉汁と白菜の甘みが、じわりと口の中に広がった。満足するまで噛んでから、ごくりと飲み込むと、その旨味が胃袋に不思議な熱を灯らせるかのようだ。

これほど温かく、滋養に満ちた食事をするのは、いつ以来だろう。家を出てから今に至るまで、スクナの食事といえばコンビニ弁当かファストフードのどちらかだった。

「うまいか?」

物も言わずに汁をすすり、ご飯を掻き込むスクナを見て、磐舟は目を細めながら言う。スクナは夢中で頷いた。

「ここで寝起きすりゃ、三食俺が飯作ってやるぜ」

その一言で、スクナはこの部屋で生活することに決めた。

鍋の底が見える頃になると、他の三人は手を合わせ(と言っても流は手が封じられているが)、声を揃えた。

「「ごちそうさま」」

「ゴチソウサマ!　ゴチソウサマ!」

コトサカまでもが声をあげるに至り、ようやくスクナもぼそりと、

「……ごちそうさま」

「はいはいお粗末さま。そんじゃ、片付けるぞー」

磐舟は手早く食器を重ね、紫も土鍋とコンロを片付けていく。手慣れた感じのある作業を、あぐらを掻いてぼんやり眺めながら、スクナは尋ねる。

「ここって、いつもこんな感じなのか？」

「ええ、大体は。紫は外で食事をすることも多いですが」

「大っぴらにミッションをこなせるのは、今まで私だけだったものね。スクナちゃんが入ったことで、少しは変わるかしら」

「？　なんでだよ。そっちのおっさんはミッションしないのか？」

疑問を呈すると、磐舟がむっとした顔で振り返り、

「こらこら坊主、人のことをおっさん呼ばわりするもんじゃないよ。俺のことは、イワさんと呼んでくれ」

「……なんでもいいけどさ。あんただってjランカーなんだろ？　幹部なんだから、《jungle》のために働かなくていいのかよ」

磐舟は遠い目をして、ぽつりとつぶやいた。

「『働く』か……。イヤな言葉だな」

「イワさん。その発言、ものすごくクズっぽいわ」

「そ、そういうことを言うもんじゃないよ！　おじさんにはおじさんでいろいろあるの！」

「肯定です。イワさんは俺の切り札です。来るべき時が来るまでは、表で働いてもらうわけにはいきません」

『切り札』という単語にスクナは首をかしげる。どこからどう見てもただの冴えないおっさんだが、なにかしら特殊な能力でもあるのだろうか。

「それに、イワさんにはこのあいだ、重要なミッションを発動してもらいました」

「へえ。どんなミッションかしら？」

「『緊急ミッション：ファイブを援護せよ』です」

スクナと紫は、同時に目を見開いた。

磐舟が振り返り、バツが悪そうに言う。

「おいおい。言うのかよ、それ」

「そうね。初耳だわ。あの忍者ちゃんに命令を出したの、イワさんだったのね」

紫はさして気分を害したようでもない。

スクナはそういうわけにはいかなかった。あの戦いは、自らの全霊を尽くしたものだった。なにもかもを使い尽くして、ようやく届きかけて、それでも結局は届かなかったのに、何者かの横やりによって『届いた』ことにさせられてしまった。

その何者かが、目の前にいる。

凍結していた怒りが、再び黒く灯りはじめた。

「なんで邪魔した？」

スクナの低い声に、磐舟はぽりぽりと顎を掻き、

「んー、まあ、理由はいろいろあるけどな。流がおまえのことを、必要な人間だって言ったこともあるし、それに――」

枯れた笑みが、無精ひげの口元に浮かんだ。

「子供が傷つくところなんて、見たくなかったからな」

なにかを悼むかのような口調。

スクナは口を噤んだ。ぶつけようとした怒りが、胸の奥でぐるぐると巡り、再び沈殿していった。

利いた風な口を叩く大人は大嫌いだ。だが、磐舟は上辺だけを取り繕って言っているのではなさそうだ。彼は、本心からそう思っているのだ。

スクナに傷ついてほしくなかった、と。

それは、思いやりと表現されるべき言葉だろう。だが、スクナは誰かに思いやりを示されたことなどほとんどなかった。だから、それにどう対すればいいのかわからず、ただ仏頂面をぶら下げていた。

磐舟はそんなスクナを見てちょっと笑い、頭を下げた。

「余計な手出しだったってことはわかってる。でも、ああせずにはいられなかった。悪かったな、スクナ」

「…………」

スクナは磐舟の頭頂部をしばらく見つめ、それからぷいっと横を向いた。

「……別に。今さらどうでもいいよ」

磐舟はそれを聞いてにかっと笑う。

「おっ、そうか？　いやあ、そりゃよかった。最近の子供ってキレるとコワイらしいからな、もしスクナにキレられて斬りかかられたらどうしようって、おじさんドキドキだったんだぜ？」

「あら、意外と臆病なのね、イワさん」

「おうよ。だから、俺は鶏なのさ。うわっはははは！」

両手で翼を羽ばたかせるジェスチャーをして、磐舟は豪快に笑った。

スクナは仏頂面のまま、そのやりとりを眺めていた。

どうも調子が出ない。こいつらと一緒にいると、自分の中の怒りや苛立ち――スクナの原動力になっていたものが、抜けて出て行くようだ。

それは、けれど、不快な感覚ではなかった。

◆

ごうごうと、頭上で風が吹いている。

それは世界を揺るがす颶風のようであり、あるいは世界を食らう化け物の呼気のようでもあっ進んでいく。
た。スクナは首をすくめ、その風に頭を持っていかれないようにしながら、這いつくばって前に
あたりは漆黒の闇だ。なにも見渡すことはできない。這う腕に伝わるのは、湿った泥のような
感触。その不快感に耐えながら、スクナは前に進んでいく。
前に進み、進み、進み、進み、進み——
どこにたどり着くのかは、スクナにはわからなかった。
彼はただ、その場にいたくなかっただけだ。頭上に風巻く音がうるさかった。湿った泥が気持
ち悪かった。塗り込めるような闇が恐ろしかった。
スクナは逃げていた。
行く宛てもなく、目的もなく、希望もなく。
ただこの場にいたくないからという、それだけの理由で這いつづけている。
いつの間にか、スクナは自身が虫けらになっていることを発見した。泥のあいだをうごめく哀
れな虫。無明の中でもがき、苦しみ、ただ命を終えるだけの生き物に。
いやだ、と思った。
自分には、もっと——別のなにかが見えていたはずだ。新しく、鮮やかで、清々しい世界に生
きるはずだったのに、どうしてこんなところにいるのか。
ごうごうと鳴る音が大きくなる。泥がさらに全身に塗りたくられる。背中をぐいぐいと押すの
は、世界を食らう怪物の鼻先か。それはどんどんと、スクナを強く苛み——

「うわっ⁉」

叫んでスクナは跳び上がった。

途端、がごんという音が響き、激痛が頭に走った。

「〰〰〰〰〰〰〰〰〰〰〰〰〰〰〰〰っ‼」

のたうち回るが、身体がうまく動かない。スクナは涙の浮かんだ目で、自分の身体を見下ろした。

毛布でくるまれていた。夢の中で泥と感じたのは、自分の汗で湿った毛布だったらしい。ごうごうと鳴る音は掃除機の音で、背中を突いていたものは――

「お、ようやく起きたかこの野郎。いいご身分だなオイ」

――磐舟の、つま先だった。

頭をさすりながらスクナは起き上がる。怒りに燃える眼差しで、磐舟をにらみつける。

「てめっ――なにすんだ！」

「なにすんだはこっちの台詞だよ。もう朝なのになにしてんだ！　早く起きて顔洗ってきなさい！」

「なっ――」

「ほれ、早く。洗面所はあっちだぞ。タオルは好きなやつ使っていいから、ほれほれ」

ぐいぐいと背中を押されるままに、スクナは和室から出て、廊下を歩いて行く。

洗面所で顔を洗う。鏡を見る。自分の表情は、苦虫を噛みつぶしたかのようなものだ。

と、その鏡に、磐舟がひょっこり顔を出した。

「あ、そういや、おまえの歯ブラシ買っといたからな。その緑のやつな。流のと間違えるなよ？」

それだけ言って、磐舟は顔を引っ込めた。

「…………」

スクナはしばらくのあいだ逡巡してから、歯を磨きはじめた。

鏡に映る、しゃこしゃことマヌケに歯ブラシを動かしている自分を見ながら、思う。

なんだろう、これは。

この『秘密基地』を訪れてから、こんなことばかりしている気がする。朝には磐舟の掃除機に起こされ、何をするでもなく朝飯と昼飯を食べ、適当にだらだらと過ごして夕飯を食べ、そのままテレビを見ながら眠る。

あまりにも、あまりにも普通の生活が続いていた。

それは、スクナにとって慣れないものだった。『同胞狩り』でここまで成り上がってきたスクナは、常に周囲への警戒を怠らなかった。《セプター4》や、あるいは《ｊｕｎｇｌｅ》の刺客が自分を捕らえに来るのではないかと気を張っていた。

だが、ここは『秘密基地』だ。王のお膝元。警戒をする必要など、どこにもない。

その事実が、逆にスクナの調子を狂わせていた。

口の中をゆすぎ、水を吐き出し、歯ブラシを元の場所に置いてから、スクナはぴしゃりと自らの頬を叩いた。

このままではいけない。

そう思い定め、スクナは勢いよく洗面所から飛び出した。

よくわからないが、このままではダメになるような気がする。この『秘密基地』の空気は、それほど悪いものではないが、今までのひりひりとした自分が死んでいくようだ。

完全に死ぬ前に、なにか、大きなことをしなければ。

そう思い、和室に戻ったスクナは、磐舟を糾弾しようとして――ぴたりと口を閉じた。

「そう。では、誰かがそれをしなければならないのね？」

「肯定です。これは必要なことです」

流と紫が相対し、真剣な表情で語り合っている。流の肩にはコトサカが止まって、身じろぎもしない。磐舟も珍しく顔を引き締め、腕を組んでじっと何事かを考え込んでいた。

「問題は、誰が行くかだな？　俺が行ってもいいが――」

「いえ、イワさんはすでに役目を果たしました。これ以上動くのは得策ではありません」

「クワッ、クワーッ！　バランス！　ダイジ！」

「となると、私かしら？　それでも構わないけど」

ミッションだ、とスクナは直感する。

それも、相当重要なミッションだろう。王とjランカーが顔を突き合わせて相談するくらいなのだから、クランの行く末に関わるものに違いない。

スクナは自身が奮起するのを感じた。これだ、と思ったのだ。

部屋に足を踏み入れ、揚々と声を出す。

「俺が行く」

突然の発言に、三人と一羽は振り向いた。視線が集中したのを感じて、スクナはにやりと笑う。

「どんなミッションなのか知らないけど、そろそろ俺にもやらせてくれよ。このままだと身体がなまっちまう」

「……いいのか？　スクナ？」

案ずるように尋ねたのは、磐舟だ。彼が以前、自分のことを思いやる発言をしたことを覚えている。もしかしたらこいつは俺を子供と見くびっているのかもしれない、と思い、闘志がいや増すのを感じた。

「当たり前だ。俺はjランカーだぜ。重要なミッションこそ、俺の出番だ」

「スクナッ！　ヨクイッタ！」

コトサカが羽をはためかせる。オウムに褒められて、スクナはどう反応すればいいのかわからなかった。どうもこの鳥は、ただの流の操り人形というわけではなく、人間並みの知能を持っているようだ。

「わかりました。では、スクナ。ミッションです」

スクナの端末が音を鳴らし、ミッションの受領を告げた。スクナは端末を取り出し、真剣な表情でのぞき込み、

「そのミッションを果たし、無事に帰還してください」

そして、顔が引きつった。

そこにはこう書かれていた。

●買ってくるものリスト

・衣料用洗剤（ボールタイプのやつ）
・芳香剤（詰め替え用　バラの香りのはNG）
・ゴミ袋（40リットルと10リットルのもの）
・鶏もも肉1キログラム
・白菜1個
・小松菜2わ
・えのきだけ4パック
・1リットル牛乳4パック
・プリン　好きなだけ
・アイス（溶けるので最速で戻ってくること！）

スクナの手が、ぷるぷると震えはじめた。

「……なんだよ、これ」

紫がいぶかしげに眉根を寄せる。

「なにって、買い物でしょう？　誰が行くのでもめてたのだけれど、あなたが行ってくれるなら
それが一番いいわ」

「ああ、まさかスクナが自分から言ってくれるだなんてな。俺としてもありがたいぜ」

うんうんと頷く二人に、スクナは畳を踏みしめ、大声で抗議する。

「なんで！　俺が！　こんなことしなくちゃいけねーんだよ!!」

「なんでっておまえ、自分で言ったんじゃねーか？」

「スクナッ！　イサギヨクナイ！」

「うるせえバカ鳥！　黙ってろ！」

猛るようなスクナの怒りに、コトサカは首をすくめて流の陰に隠れる。流は冷静な目でスクナ
のことを見、

「スクナ、大声を出さないでください。コトサカが怯えてます」

「あんたもあんただよ！　なんだミッションって、こんなことミッションにするんじゃねえ！」

「なぜですか。買い物は生きていく上で不可欠なものです。特に『秘密基地』の位置は、他人に
知られてはならない。jランカーが買い物をするしかないのです」

正論といえば正論の言葉に、スクナはぐっと詰まった。確かに、スクナが食べるものも着るも
のも、先ほど使った歯ブラシだって、誰かが買ってきたものなのだ。流が外に出られないという
のなら、jランカーが持ち回りでやるしかない。

が、しかし、

「そういうこと言ってんじゃねえよ！　俺、ここに来てからまともなミッションこなしたことねえぞ!?　今んとこ、このゲーム超クソゲーだかんな!?」

のんべんだらりとした日常をただ過ごすゲームなど聞いたことがない——いや、あるにはあるかもしれないが、それはバカゲーと呼ばれるたぐいのものだろう。スクナはそんなものに身を投じたつもりはなかった。

「なるほど。スクナは、今の状況が不満なのですね」

と、流が冷静にそう言った。

車椅子が動き、スクナの前にやってくる。スクナは反抗的な目つきで、流のことをにらみつける。

今からの返答如何では、すぐにでも『秘密基地』を出て行ってやるつもりだった。ここに入ったとき、流が口にした夢と今の状況は、あまりにもかけ離れているものだったからだ。

流はそんなスクナを冷静に見据えながら、言う。

「外に出て、ミッションをこなし、俺たちの夢を果たしたいと思っている。その意気込みは重要です。しかし——」

不意に——

スクナの周囲が、ぱっと明るくなった。

光源は、流の周りから浮かび上がった、ホログラムのディスプレイだ。無数のデータ、無数のマップ、無数のルートが、それらのディスプレイに表示されている。

それを見てスクナは、なにかに似ている、と思った。

「現在、青のクランに新たな王が現れたことで、状況は俺たちに不利になっています。《黄金の王》はそれだけで俺たちを凌駕（りょうが）する存在ですが、そこに青が加わった以上、積極的な行動を起こすわけにはいきません」

マップは都内を示したもののようだ。無数に走る葉脈のようなラインは、それぞれ黄金と青で色分けされていた。それに対して、緑のラインはほんのわずか、糸のように細いものでしかない。

「今の俺たちにできることは、情報を収集すると同時に、自分たちの情報が漏れることを抑制することです。盤石の支配のようであっても、付けいる隙は必ず生まれる。しかしそのために、自らの情報を渡しては意味がないのです」

いくつかのホログラムが、隠し撮り映像とおぼしきものを映し出した。メガネをかけた青年。巨軀を持つ白髪の老人。赤く髪を逆立てた男——各クランの『王』たち。それぞれの勢力図が、葉脈上に示される。

スクナはようやく、そのラインがなにに似ているのか思い出した。

『グラスルート』だ。

スクナが初めて触れたアプリ。異能は関わりなかったが、それでも自宅内のＬＡＮ環境を浮き彫りにする力を持っていた。

流はそれを、都内全域で行使しているのだ。

ぶるっ、とスクナの背が震えた。

それは、一体どれだけの情報量、どれだけの処理能力なのだろう。ただひとりの人間がこなすことなど想像もつかない。優れたコンピューターを何台にも連ねて、ようやく成し遂げることのできる成果を、比水流は、《緑の王》は、ただひとりで為しているのか。

「実用段階にないとは言え、彼らの手に『唯識システム』がある以上、積極的な行動は控えなくてはなりません。現段階で、我々の情報は可能な限り隠しておかなくてはならない。俺たちが積極的に動くのは、『唯識システム』が麻痺(まひ)したときか、あるいは——パワーバランスが大きく崩れたときです」

そして、現れたときと同様に、ホログラムはふいっと消えた。

だが、スクナの心に残ったものは消えなかった。初めて目の当たりにした『王の力』に、粟(あわ)だった背筋は元には戻らなかった。

乾いた唇をなめて、スクナは自らの理解を口にする。

「要するに、今はまだ、防御のターンってことか」

流はまっすぐにスクナを見つめながら、頷く。

「相変わらず理解が早い。そういうことです、スクナ。雌伏です」

「……ふん」

スクナは端末を握りしめ、踵を返した。

「買い物、してきてやるよ。確かに必要なことだからな」

流への反感は、きれいに消えていた。幾重にも巡らされた思考の末に、今の状況があるのだと思えば、今の無為も耐えられると思った。

スクナの胸には、初めて王への畏敬が芽生えはじめていた。

◆

日々が過ぎていく。

それはjランカーになる前に比べれば、驚くほどに穏やかな日々だった。誰かを討伐する必要はなく、それゆえに誰かに狙われることもない——安全で退屈な日々。

その退屈を紛らわせるように、スクナはぽちぽちとゲームをしている。

骨董品(こっとうひん)のようなゲームハードに繋がれたテレビは、すさまじく原始的なゲーム画面を映し出していた。障害物を避けながらただ上に進んでいくというストイックなシステムで、別段おもしろいわけでもなかったが、時間を潰すにはこれくらいがちょうどよかった。

「燃え尽き症候群ね」

と、その姿を見て、紫などは笑うのだ。

「私を倒す以上にやり甲斐のあるミッションなんて、そうそうないでしょうから」

自分で言うか、とスクナは呆れたが、それは一面では真実であっただろう。難易度の高いミッションほど、やり遂げたときの達成感は大きいものだ。そして今後、『御芍神紫を打倒する』という以上に困難なミッションなど、存在しないように思えた。

いや――

ひとつ、ある。

jランカーになったあの日、比水流と初めて顔を合わせたあのとき。

彼が語った夢、『世界を作る』というミッションは、なによりも達成が困難なものなのだろう。

途方もない、まさしく夢物語だった。けれど、流は本気だ。《jungle》という秘密結社のようなクランを作り出し、こんな大がかりな『秘密基地』を用意して、すべての能力とすべての時間を、そのためだけに費やそうとしている。

だが。

スクナはゲームを止め、後ろを振り返った。

そこでは、車椅子に乗った流がいる。

周囲の空中に、複数のホログラム・ディスプレイが浮かんでいる。おそらくはミッションを発動しているのだろう。《jungle》に漂う無数のミッション、その根源は、すなわち王の脳髄から発せられているのだ。

流を見るたびに、妙な気分に駆られる。

あの日、無数の情報と強大な処理能力を見せつけられたあのときに、スクナの胸に兆したものだ。おそらくそれは、『尊敬』とか『畏怖』とか呼ばれるたぐいのものだろう。

しかし、あれ以降、流が王としての力を見せたことはなかった。あのとき示したのは、スクナにわからせるために必要だったからで、必要のないことはしないというのが比水流なのだ、とスクナは理解しはじめていた。

そんなふうに、ぼんやりと眺めていると——

「『ロッキング・クライマー』」

不意に、流がぽつりとつぶやいた。

空中のディスプレイが、また新たにふたつほど出現した。高速で流れていくプロトコル文章を眺めながら、彼は続ける。

「二十七年前に作られた第一世代のゲームです。俺も子供の頃はよくプレイしました」

スクナはゲーム画面に、一瞬だけ視線を戻した。

「……これ、あんたの趣味？　ずいぶん古くさいゲームが好きなんだな」

「俺ではなく、イワさんの趣味です。この部屋を用意したのも彼です。『昔ながら』のものが好きなのだということです」

「ふうん。子供の頃は、まだまともだったんだな」

流は首をかしげる。

「言葉の意味がよくわかりません」

「だって、その格好じゃゲームはできないだろ？　両手ともぎっちり縛られてるんだからさ。だから、子供の頃は普通の格好だったんじゃないかって」

「コントローラーを握らなくても、異能を使えば電子機器を操作することはできます。今、こうしているように」

それを証明するように、いくつかのディスプレイが瞬いて消え、かと思えば再び現れて、新しいミッション内容を表示する。深海の泡沫のように、出現と消滅を繰り返すディスプレイに囲まれた流の姿は、なにかの機械の一部品のように見えた。

それを眺めながら、スクナは前から抱いていた疑問をぶつける。

「……そもそも、どうしてそんな格好してんだよ？」

流はスクナを見つめ返し、淡々とした口調で、

「俺の胸には穴が開いています」

そう答えた。

「昔、ある事件によってそうなりました。俺の心臓はすでに存在せず、代わりに異能のエネルギー塊を鼓動させることによって、かろうじてその代替としているのです」

「…………」

「俺が拘束服を着ているのは、その異能を制御するためです。『死』という事実を『改変』するために、俺は強力な異能を使用しつづけています。この拘束服がなければ、いかに王であるといっても、すぐに力を使い尽くしてしまうでしょう」

スクナは、答える言葉を持たなかった。

事実、であるのだろう。比水流は冗談を好む性格とは思われない。

切れ切れの言葉が、唇からこぼれた。

「……それ、生きてるって言えるのか？」

五條スクナは今年で十一歳になる。死生観というものを持つほどに、長く生きているわけではない。だが、そんな彼でも、異能を心臓とし、『死』を『生』に書き換えている目の前の青年が、生きているのかどうかは判断がつきかねた。

彼を不気味であると感じるのは、あるいは、そういうところなのかもしれない。

流は、しかし、やはり淡々と答える。

「俺は生きています」

その目が動き、拘束服の胸元に落とされた。

「お腹も減りますし、物事を考えることもできますし、こうして普通に成長しています。死者には不可能なことです。それゆえに、俺は自分のことを『生きている』と定義しています」

「いつから、そうなってるんだ？」

「十歳のときからです。ちょうど、今のスクナと同じです」

自分が、こうなったとして、今の流のように、前向きに生きることができるだろうか？

そうは思えなかった。友人と、家族の裏切りによって、スクナの世界は一変した。暗い孤独と、人間の醜さだけが漂う世界を生き延びてきた。ただ家に戻りたくないという一心で、スクナはここまで来たといっても過言ではない。

それでも、流が目にした世界の凄まじさに比べたら、そんなものは子供の駄々のようにしか思えなかった。

「……流は、さ」

悔しいような、恥ずかしいような、不思議な気分に囚われながら、スクナは言う。

「自分をそうした奴らが、憎くないのか？」

流は首をかしげる。

「憎い、ということが、俺にはよくわかりません。俺や、俺の周囲の人々を殺したのは、直接的には先代の《赤の王》であり、間接的には《黄金の王》や《白銀の王》ですが――俺は、あの出来事は、変革の先触れであると考えています」

「変革？」

「俺の力で、この世界を『改変』することです」

流の目が、不可思議な熱を帯びた。

「一度死に、王として蘇った俺には、その義務があります。王を生み出す『ドレスデン石盤』によって選ばれたのは、その変革を為すためだと。人類を次の段階に進化させる――誰もが『王』となり、その力を自由に振るえるようになる。そんな世界を作るためです」

スクナはその熱から目を離すことができない。引き寄せられるようにまじまじと、流のことを見つめている。

「誰もが、『王』に？」

「はい。今のところ、賛同者はjランカーしかいませんが」

それは――そうだろう。スクナでもわかる。全人類が『王』に、それに匹敵する力を得たとしたら、間違いなくすさまじい混乱が巻き起こる。今までの秩序や法律など、なんの意味も持たなくなるに違いない。

「なんで、そんなことを思ったんだ？」

スクナの疑問は純粋だった。流の胸に開いた穴、衣服の向こうにあるそれを見つめながら、尋ねる。

「だって、あんたをそうしたのは王なんだろ？　それなのに、王をたくさん作ったら、同じようなことがたくさん起きるんじゃないか？　そうしたら、みんな死んじゃうんじゃないか……？」

「俺は生き延びました」

流の答えは、スクナと同じくらいに純粋なものだった。

「もしも第二、第三の迦具都事件が起きても、王であれば生き延びることができます。仮定の話に意味はありませんが、もしあのとき、俺の周りの人間が全員王であったとしたら、あの『ダモクレスダウン』による犠牲者は劇的に少なくなっていたはずです」

『迦具都事件』や『ダモクレスダウン』といった言葉は、スクナにとっては耳慣れないものだ。だが、それがなにを意味しているのかは、なんとなくわかった。王による暴威、その象徴となるものなのだろう。

異能を持つスクナには、そのことがよくわかる。

ただの人間と異能者のあいだには、埋めようのない隔たりがある。かつて自分を追ってきた『裏』の人間たちを、スクナは五分と経たずに叩きのめすことができた。一般人から見れば恐れるべき対象でさえ、子供のスクナに手も足も出なかったのだ。

まして王となれば、その力の差は象と蟻ほどにもなるだろう。王が自分の意思で、普通の人々を殺戮しようと考えたら――抗う術はない。

「流は、つまり」

考えを編みながら、スクナはつぶやく。

「二度とそういうことが起きないようにしたいのか？　王が理不尽なことを起こしても、みんなが自分の力でそれを生き延びられるように」

流の目が、わずかに見開かれた。

瞳の熱が、さらに強くなったように思われた。

ぎしり、と拘束服が軋み、流は前のめりになる。

「その通りです。さすがはスクナです。理解が早い。賞賛です」

早口に褒めそやされて、スクナの片頬が引きつった。当てずっぽうで言っただけで、深い考えがあったわけではない――そう言おうと思ったが、やっぱりやめた。照れ隠しのようでみっともないと思ったし、それに。

胸のうちに湧き起こる、むずがゆさに似た感覚が、死んでしまうような気がしたから。

「スクナ。俺は前からきみに聞きたいことがありました。聞いてもよいですか」

流が自分に興味を持っている。そのことがこそばゆい。スクナは口元をぎゅっと引き締め、そっぽを向くようにしながら、できるだけぶっきらぼうに響く声で、

「……なんだよ」

「きみは、最初に異能に触れたとき、どう思いましたか」

「――――」

最初の異能。それは、最初の友人の記憶と、密接に結びついている。

十分前の自分であったら、それに触れられた瞬間に怒っていただろう。傷口に触れられたケモノが猛るごとく、それは痛みを呼び起こすものであるゆえに。

だが、このときのスクナは、自分でも驚くほど素直に答えていた。

「ワクワクしたよ」

その言葉を舌に載せるたび、あのときの高揚が蘇ってくるようだ。新たな世界と、どこまでも歩いて行ける足。くだらない束縛や常識など存在しない、無限の地平。

「すごいと思った。俺には――俺の知らないことが、まだまだたくさんあるんだって、そう思って。うまく、言えないけど、この力があったら、きっと、たくさんたくさん楽しいことがあるんじゃないかって、そう思った」

なぜか、目の奥が熱くなった。

スクナはその熱を、唇を噛むことで押し殺した。唇の痛みは、どこか別の場所で起きた痛みを分散してくれた。

「それと同じです」

そのことに、気づいたか、気づかなかったか、少なくとも流の口調に変化はなかった。

「難しく考える必要はないのです。新たな可能性に触れれば、人は自ずから開花する。新しい世界が広がります。俺はすべての人類にそうなってほしいのです。王の力がもたらす新たな地平。王の世界を、見てほしいのです」

王の世界。

古き人類などどこにもいない。彼らが生み出した秩序も過去のものとなるであろう。くだらない権力争いや支配などどこにもない。自らの支配者は自らだけという、そんな世界。

「見てみたいな」

ぽつりと漏らしたスクナの言葉に、流は、

「きっと、見ることができます」

そう答えて、微笑んだ。

機械のように無表情な『王』が、初めて見せる笑顔に、スクナは目をぱちくりとさせる。

「どうしました、スクナ？」

「……いや、あんたも笑うことあるんだなって」

流は不思議そうに首をかしげる。

「俺も人間です。感情は持ち合わせています」

「全然そう見えないよ。友達いなかっただろ、あんた？」

自分のことを棚に上げてそう言うと、流はかすかに眉根を寄せた。怒ったのだろうか。

「否定です。俺に友達はいました。一緒にゲームをしたこともあります」

スクナは口元がむずむずと動くのを感じた。無感情な流から、感情を引き出すという行為が、思いのほか楽しいということに気づいたのだ。

「それじゃ——ひとつ、対戦してみないか？」

親指で、くいっとブラウン管テレビを示す。『ロッキング・クライマー』のメニュー画面には、確かに『対戦モード』の表示がある。

流はちらりとそれを見てから、車椅子を2Pコントローラーの前に移動させた。

「受けて立ちましょう」

「吠え面かかせてやるぜ」

にっと笑い、スクナは『対戦モード』を開始した。

◆

「——このっ！　この！　えい！　やあっ！　あ、あ、あーっ!!　くそ、負けた！」

「これで俺の382勝0敗です。スクナ、もう一戦しますか？」

「当たり前だっ。今度こそ勝ってやる！」

部屋の中から、泣きそうなスクナの声が響くのを聞いて、磐舟はドアを開けるのをやめた。

「あの二人、ずいぶん仲良くなったみたいね」

後ろからの声に振り返ると、買い物袋をさげた紫がいた。

磐舟は息を抜くように笑う。

「ちいっとばかし、流に大人げが足りないけどな」

「あら。『大人げ』なんて見せたら、スクナちゃんは怒り出すんじゃないの？」

紫はくすくすと笑いながらそう言う。

それはそうかもしれない、と磐舟は思った。

あの子供――五條スクナは、大人というものを憎んでいるようだ。長く抑圧され、また家を出たあとも、ただひとりで生き延びてきたためだろう。子供らしい幼さや無邪気さというものは、スクナからは失われているように思っていた。

だが、この『秘密基地』で流たちと住み暮らすうちに、彼が持つ『子供っぽさ』が、再び芽吹いてきたようだ。

「まあ、流も子供みたいなもんだからな。二人で気が合うんだろうよ」

磐舟は部屋の窓から中をのぞき込んだ。一緒に対戦ゲームに興じる二人の姿は、年の離れた兄弟のようでもあった。

それを見て、磐舟は目を細める。

「……あいつ、なにかを『欲しい』って言うことが、ほとんどなかったんだよな」

磐舟天鶏は、比水流の親代わりとして、彼のことを育ててきた。

まともに育てることができたとは、とても言えない。流は《緑の王》であり、そして自らの存在を隠匿したいと願っていた。通常の学校に通わせることなどできず、また拘束服に車椅子という状態から、ほとんどの時間を家の中で過ごすことを余儀なくされていた。

それでも、流は客観的に見て、『良い子』であったと言えるだろう。

《黄金の王》の追っ手が迫って、慌てて逃げなくちゃいけなかったときも、不満も言わずによくついてきた。そもそもあいつが望んだことなんだから当たり前なのかもしれないが、子供らしいワガママや駄々を漏らしたことなんて、ほとんどなかったな」

「でも、このあいだ、駄々をこねたんじゃなくて？」

からかうような問いかけに、磐舟は「それだよ」と指を差す。

「なにかを『欲しい』って言うことは滅多にない割に、欲しがったものは絶対に手に入れるんだ。あいつ、そういうところあるんだよな」

「あら。私もそのうちのひとりかしら」

くっくっ、と笑って磐舟は肯定する。

「そうだな。考えてみりゃ、あいつが欲しがってたのはいつだって仲間なのかもしれん。おまえもそうだし、コトサカもそうだし、スクナもそうだ」

流は、一緒に夢を見ることのできる仲間をこそ、求めていたのかもしれない。

そうつぶやくと、紫はぽつりと尋ねてきた。

「流ちゃんの夢は、あなたが教えたものじゃないのでしょう？」

磐舟は頷く。その表情に、複雑な色が滲む。

「ああ。すべてはあいつひとりでたどり着いた結論だ。『ドレスデン石盤』の解放による、全人類の覚醒なんて――前の俺だったら、血相変えて止めてただろうよ」

流の夢が叶ったとしたら、それは巨大な混乱をもたらすことになるだろう。安寧とはほど遠い時間が、長く続くに違いない。

紫はいたわるように磐舟を見つめながら、尋ねる。

「『守護』を司る《灰色の王》としては、見過ごすことはできなかったでしょうね」

かつて磐舟が鳳聖悟という名前であった頃、彼は《灰色の王》としてひとつのクランを率いていた。盤石たる《黄金の王》の支配下にあって、弱きもの、救いを求めるものに『守護』を与えるクラン——《カテドラル》は、彼の王国でもあったのだ。

磐舟が、彼のクランズマンたちが求めたのは、繁栄でも秩序でも変革でもなかった。彼らはただ安寧を求めていた。日々を安らかに過ごし、暮らしていくこと——ある意味では、もっとも人間らしいものを求めていたと言えるだろう。

流の夢は、その安寧を覆す行為だ。

「どうして止めなかったの？」

紫の問いかけに、磐舟は笑って首を振った。

「俺がどうこう言える義理じゃない。あいつが望むことに、全力で寄り添ってやるのが、俺にできるただひとつのことだ」

迦具都事件によって、流が一度死んだように。

磐舟もそのとき、自らの人生を見限った。

鳳聖悟は磐舟天鶏となった。空を飛ぶ鳳凰(ほうおう)が、飛べない鶏へと生まれ変わった。彼はもはや俗世のことに口を挟まない。あの災禍でただひとり救い出した少年、比水流の夢を叶えることが、ひとりの人間としてできる、自らの償いであると思い極めていた。

「今の俺はただの鶏さ。できるのは、ヒヨコの面倒を見ることだけ――」

「スクナちゃんならともかく、私たちをヒヨコ呼ばわりは心外ね」

すかさず紫が混ぜっ返した。が、磐舟はへっと笑い、

「俺からすりゃ、おまえも流も、ケツにカラをくっつけたヒヨコに見えるぜ。スクナなんかは、まだ卵の中身。まともに飛べるのは、コトサカくらいのもんだな」

「ふふっ、なるほど。お見それいたしました、《灰色の王》どの」

紫のからかいに、磐舟はごく微妙な表情を見せる。

一度王を降りると口にしていたが、《灰色の王》としての力が失われたわけではない。そもそも王の力は石盤から一方的に与えられるものであって、本人の意思でどうこうできるものではないのだ。

彼にできるのは、自ら王の力を使わないようにするだけ。

だがそれも、いずれ流に乞われれば、行使することになるだろう。なんとなれば、磐舟天鶏は、比水流の『切り札』であるのだから――

と、紫が頬に手を当て、部屋のドアに目を向けた。

「そういえば、スクナちゃんはまだイワさんが《灰色の王》だって知らないのよね？　いつ教えるの？」

「あー、それな」

磐舟は難しい顔で腕を組み、ぎゅっと目を閉じた。

「どうもスクナの野郎は俺のこと軽く見てるフシがあるからな。俺としては、こう、スクナのピンチにズババーンと駆けつけて、かっこよく救ったあとに、『実は俺は《灰色の王》なのさ』って言って、尊敬させてやるつもりなんだが――」

「王としての力を振るえないのに、あの子信じるかしら？」

「そこが問題なんだよなあ。ダモクレス出さずに信じてもらうにはどうすればいいと思う？」

「そうねえ――」

情けない顔で相談を持ちかける磐舟に、紫は頬に手を当てて首をかしげた。

そのとき、ドアの向こうから、二人の声が響いてきた。

「それにしてもさ、イワさんってなんかの役に立つのか？　今のところ家事しかしてないけど」

「ああ、言い忘れていましたが、イワさんは《灰色の王》です。本気を出せば幹部の中でも最強です」

「へえ――、って、え？　なに？　灰色？　あのおっさん王様なの!?」

「おいコラ待て流ぇッ!!」

磐舟が血相を変えて部屋に駆け込み、紫はやれやれと肩をすくめた。

◆

五條スクナがｊランカーに昇格したのは、２０１１年の10月のことだ。それ以降、『Ｈ．Ｎ』名義で発動されるミッションは、目に見えて少なくなりはじめていた。

もともと《ｊｕｎｇｌｅ》は、比水流が文字通り自らの『手足』となるクランを求めて作り上げたものだ。手足(クランズマン)は脳(のう)の考えることを知らず、ただ欲するままの動きを行う。そしてそのうちに、厳選されたクランズマンが現れ、意を汲(く)む側近として立ち働くようになる――

それが、比水流が考えていた、《ｊｕｎｇｌｅ》のあるべき姿だった。

側近たるべきｊランカーは、流が持つ秘密の多くを共有する。『全人類を王にする』という思想や、『秘密基地』の場所、あるいは彼が持つ切り札の存在まで。

だが、それを知った上で、ｊランカーが流の思想に共感しないというのは、十分にあり得ることだ。流が見る夢を、そのｊランカーに強制することもできないだろう。そんなことをすれば、万人の自由を謳(うた)う《ｊｕｎｇｌｅ》の存在意義そのものが消え去ってしまう。

思想を伝え、しかし、それを自分のものとするかどうかは、ｊランカーの裁量に委ねる。

それは、ある意味では、この上もなく危険な賭けであった。

「だから流ちゃんは、スクナちゃんを入れた時点で、ある程度は締め切るつもりでいたのでしょうね」

御芍神紫は、真上からスクナの顔をのぞき込み、そう言った。

「《ｊｕｎｇｌｅ》は自由のクラン。けれど、自由には危険がつきまとうわ。流ちゃん自身も、リスクを常に負っているということね」

端整な顔は、汗ひとつ掻いていない。動き回っていたときも、それが終わったあとも、流れるように雑談をするのはこちらをナメているからとしか思えないが、それだけの実力差があるのだと言われれば、返す言葉はない。

二人で戦闘訓練をするようになってから、しばらく経つ。

スクナが言いはじめたことだ。暇を持て余したからというのがひとつあり、紫との決着に納得が行っていないというのがもうひとつ。そして、最後のひとつは——

今よりも、強くなりたいからだろう。

紫は思いのほかあっさりとそれを受け入れてくれた。

初めての訓練のとき、彼はしみじみとつぶやいたものだ。

「懐かしいわね、こういうの」

なにが懐かしいのかは、よくわからない。

ともあれ、紫は強かった。素の状態で戦えばまるで歯が立たないほどに。

わかっていたことだが、悔しかった。それを燃料にしてスクナは再び立ち上がり、挑みかかって、そのたびにはね飛ばされた。

『秘密基地』の広大な地面に、大の字に寝転びながら、スクナは荒い息をどうにか整えようとしている。神殿のように立ち並ぶ石柱の、その先は暗黒に吸い込まれて見えない。あの先に地上があり、その地上は他の王たちが支配している——

広域『グラスルート』によって映し出された、各クランの王たちの姿が脳裏に浮かんだ。

あの王たちに、スクナの力は通用するのだろうか。

わからない。少なくとも、紫に勝てないうちは、そんなことは不可能だろうと思えた。彼はクランズマンとして最強クラスの力の持ち主らしいが、そんな紫でも、王には敵わないのだというのだから。

まったく、と息をつく。

紫よりも強い奴がいるなんて、いやになってくる。

「呆れた子ね」

と、心底から呆れ果てているかのように、紫などは言う。

「そんなに力が欲しいのなら、あのときみたいに『アイテム』を使えばいいじゃない？　今のあなたなら、ポイントを使い放題なのだから」

埠頭での決戦のことを言っているのだろう。確かに、あのときのスクナはなりふり構っていなかった。持っていたポイントをすべて使って『アイテム』を買い込み、それをすべて紫に叩きつけたのだ。そうすることで初めて、スクナは紫に食い下がることができた。

今回もそうすればいいではないかと、紫は言っているのだが——

「……無制限に使えるから、やりたくないんだよ」

ぶすっとして、スクナは起き上がった。

「あのときは、ポイントに制限があったからまだよかった。今はそういうの、ないだろ。それなのに、いくらでも使えるからって『アイテム』を無限に使うなんて――そんなの、チートじゃんか」

「ちぃと、ってなんのこと?」

紫は首をかしげる。これだからゲームやらない奴は――と不満に思いながら、説明する。

「ズルのことだよ。ゲーマーとして、絶対にやっちゃいけないことだ。そんなんでプレイするのは、間違ってる」

ふむ、と紫は顎に手を当て、得心がいったように頷いた。

「弓の名手は二の矢を持たず、というものね。自らを律しなければ油断が生まれ、油断は敗北をもたらすでしょう。あなたには、そのことが自ずとわかっているのね」

「ふん。当たり前だろ。俺はゲームの名人だぜ」

自信満々に言うスクナに、紫はすかさず笑みと共に、

「流ちゃんには一勝もできていないのに?」

「ぐっ」

痛いところを突かれて、スクナの頬が紅潮した。

紫の言うことは正しかった。ゲームの対戦において、スクナはまだ一度も流に勝てていない。

あらゆるゲームをクリアし、ネットにおける対戦などでも負けることのほとんどなかったスクナ

にとって、これは屈辱的な事実だった。

スクナはぶちぶちと言う。

「し、仕方ねーだろ。『ロッキング・クライマー』は、あいつ長年やり込んでたって言うし――一勝もしないうちから、他のゲームに乗り換えるわけにもいかねーし」

言い訳をするスクナを、紫は楽しげに眺めている。その視線に晒されるうち、なんだか自分がみっともないことをしているような気がして、彼は口を噤んだ。

ゲームで流に勝てず、戦闘で紫に勝てない。

自分の未熟さを、ここまで思い知らされたのは初めてだ。

だが、それをじくじくと思い悩む湿っぽさは、スクナには存在しない。『できないこと』があるのなら、それをどうにかして『できること』に変えるのが、すなわちゲームの醍醐味ではないか。

とはいえ――

現実では、それを変えられるまでの猶予があるとは、限らない。

「たとえば、さ」

大きく息を吸い込んで、吐き出すと同時にスクナは言う。

「今、青服にこの場所をかぎつけられたら、どうなる？」

青のクラン《セプター4》は、スクナがｕランカーであったときにもっとも多く小競り合いを繰り広げた相手だ。異能犯罪を取り締まる立場にある《セプター4》にとって、犯罪をいとわない——むしろ主導する立場の《ｊｕｎｇｌｅ》は、敵でしかない。

「逃げの一手、ね」

紫は肩をすくめ、こともなげに答える。

「今の私たちでは、他のクランに対抗することはできないわ。《吠舞羅》なんかは私たちがちょっかいかけない限りなにもしてこないでしょうけど、《セプター4》や《非時院》は、揃って私たちを潰しにくるでしょうね。そうなったら対抗する術はない」

「……逃げるなんて、気に入らないな」

「そうね。私も美しいとは思わないけど——最後に勝つために、そうするというのは理解できる。あなたも一度はそうしたじゃない？」

屋形船から一度逃げ出したことを言っているのだ。スクナは顔をしかめる。

「うっせーな。それとこれとは別だろ」

「同じよ。いい、スクナちゃん？　勝つために大事なことを教えてあげるわ」

ぴんと人差し指を立て、片目をつぶる。男のくせに、こういう仕草が異様なほど似合っている。

「勝てないのなら、負けないこと。百回逃げても、最後の一回で勝てば勝ちなのよ。だから、逃げるのは少しも恥ずかしいことではないわ」

「……でも、あんたはそういうことしないんだろ」

紫は当然のように胸を張り、

「まあね。王の拝命でもなければしないわ。恥ずかしくないけど、美しくないもの」

あぐらを掻いたまま、唇をとがらせた。

「あんたの言う『美しい』って、よくわかんねーんだよ」

「あなたがわかる必要はないわ。私が観る美しさは、私だけがわかっていればそれでいい。あなたもそうなのでしょう？」

問われて、スクナは言葉に詰まる。

「人はそれぞれ、美しいと思うもののために戦う。あなたが、今、こうして私と稽古をしているのも、あなた自身の美しさのためじゃないかしら？」

「…………」

美しいものなど、自分にはない。

スクナはずっと、心の片隅でそう思っていた。かつて紫に指摘されて、初めてそのことに気がついた。気づいた瞬間は逆上したが、今は冷静にそれを認めることができる。

自分にはなにもないということを。

いや。

なにもなかった、だ。

流に、夢があるか、と聞かれたとき、スクナは「ない」と答えた。事実、そんなものありはしなかった。それは、紫の言う『美しいもの』と同義だろう。

だが、流の夢を聞いたとき。彼の語る、『王の世界』の夢を知ったとき——

それを見てみたいと、思った。

かつて異能に初めて触れたときと同じ、心躍るような感覚を、もう一度味わってみたい。自分でも驚くほど鮮烈に、その思いはスクナの身のうちを満たしはじめていた。

自分にとっての美しさとは、つまり、そういうことなのだろうか。

「……なあ、紫」

「うん？」

「流は、俺のどういうところを見て、会いたいって思ったのかな？」

なにもなかったはずの自分を見て、流は彼をjランカーに昇格させようとした。それは、つまり流が、自分の中に『何か』を見いだしたということでもある。

彼になにが見えていたのか、スクナは知りたかった。

もしかしたら、自分には『何か』があるのかもしれない。自分には見えていないだけで、王の慧眼(けいがん)が、それを見つけ出したのかもしれない。

「そうね――」

スクナの質問に、紫は静かに考え、そして答えた。

「私があなたのことを、ケダモノだって言ったこと、覚えてる？」

不意の問いかけに、スクナは目を瞬かせてから、頷いた。

「ああ。めちゃくちゃムカついたからな。よく覚えてる」

「ムカついたのは、それが図星だったからでしょう？」

指摘されて、そうかもしれない、とスクナは思う。

見当違いの罵倒であれば、冷笑で受け流すことができたはずだ。それができなかったのは、紫の指摘が自分のどこか痛い点を突いたからだろう。

確かに、スクナはケダモノであっただろう。希望も目的もなく、ただ生きているだけの動物だった。あるいは、今もそうなのかもしれない。

けれど、紫は穏やかに微笑むのだ。

「あれは、別にスクナちゃんのことを馬鹿にしたわけじゃないのよ。ただそう感じたというだけ」

「……人のことケダモノ呼ばわりして、馬鹿にしてないだと？」

呆れるスクナに、紫はウィンクをして答える。

「私だって同じことを、流ちゃんに言われたことがあるわ。君はケダモノです、って」

「――――」

「ちなみに言えば、私の師匠が子供の頃の流ちゃんを見たとき、同じような感想を漏らしていたわ。小さくても牙を持つ、ケモノのような王だった、とね」

紫はくすくすと笑う。

「つまり、そういうことなんじゃないのかしら。私たちはみな、《ｊｕｎｇｌｅ》という密林をさ迷う三匹のケダモノなのよ。だからこそ寄り添い、共に爪を研いでいる。いつかの未来に、この密林を地上の隅々にまで広げ、そこを自分たちの楽園とするために」

スクナは眉根を寄せ、考え込んでから、ぽつりと答えた。

「……よく、わかんねえよ」

「あらあら。お子様には難しすぎたかしらね」

かちんと来て、スクナは長杖につま先を引っかけ、ひょいと跳ね上げた。

「うっせーな。ガキ扱いすんなよ」

言いながら、スクナは自分の胸に、不可思議な感情が湧くのを感じた。

つまるところ、流がスクナを気に入ったのは、スクナに自分と似たものがあると感じたからなのだろうか。あの強大な王が、己とスクナのあいだに共通点を見いだしたのではないか、ということを思うたびに、その感情は色を濃くしていく。

誇らしいと、自分は、そう思っているのだろうか。

それをはっきりさせるのは照れくさかった。スクナは表情を引き締め、その感情を押し殺し、『雷の刃』をアクティベートさせる。

「でも、爪を研いでるってとこはなんとなくわかったぜ。いつか来る大バトルのために、経験値あげるのは大事だよな——」

スクナは不敵に笑い、紫と相対する。

「もう一度やろうぜ、紫。今度こそ、おまえから一本取ってやる」

「ふふっ。いいわね、その闘志。ぞくぞくするわ——」

艶やかに微笑んで、紫も刀を構えた。

スクナは気息を整える。全身に力を——異能を漲(みなぎ)らせ、地面を蹴ろうとした。

そのとき、背後から声がかかった。

「スクナ」

ダッシュしようとしていたところを、寸前で引っかけられたかのように、スクナは前につんのめった。ごろごろと無様に転がり、紫の足にせき止められる。

「なにしてるのよ、もう」

逆さまになった視界に、呆れ顔の紫が映った。ぎっと歯を噛み鳴らして起き上がり、スクナは声の主のことを恨みがましく見た。

「なんだよっ。今いいところなんだから――」

「きみに、ミッションです」

《緑の王》は茫洋たる表情を崩さぬまま、スクナに告げた。

「裏切り者を排除してください」

◆

鎮目町。

巨大なスクランブル交差点と街頭ビジョンをランドマークとする、都内有数の繁華街だ。東京湾にほど近く、世界最大級の人工島である『葦中学園島』とのアクセスも容易なこの街は、それゆえに若者の街として知られている。

利用する年齢層が低いためか、街の雰囲気は洗練されつつも、どこか雑多な匂いを混じらせている。その匂いに引き寄せられるかのように、社会の『裏側』に属する人間もまた、この街を根城としていた。暴力団や外国人マフィアが、鎮目町の裏町のあちこちにある雑居ビルや貸倉庫に巣くい、異能者を使った犯罪——『異能犯罪』を画策しているのだ。

そんな裏町の一角に、小さな倉庫がひっそりと佇んでいる。

四十平米ほどの広さしかない倉庫は、がらんとしていて廃墟(はいきょ)同然である。入り口からすぐ右手を見ると、コンクリートの壁に沿うようにいくつかのコンテナが見える。その左から三番目、赤茶けた錆の浮く白いコンテナの内部に、『それ』はある。

《ｊｕｎｇｌｅ》内におけるコードネームは、鎮目町Ｄ２『エントランス』。

都内に無数にある、『秘密基地』へと通じる入り口のひとつだ。

もちろん、入り口には完璧な電子的封印と外見偽装が為されている。一般人がそれと見ただけでは、ただの錆びた金属壁にしか見えないだろう。

だが、一般人ではないもの——たとえば『青服』などが見れば、話は別だ。

《青の王》率いる彼らは、捜査と制圧のプロフェッショナルだ。『エントランス』から『秘密基地』までには、複雑な道筋と厳重なセキュリティが存在するが、十分な時間と《セプター４》の能力があれば、いずれ『秘密基地』の位置が特定されてしまうだろう。そうなれば、《ｊｕｎｇｌｅ》の中枢たる『秘密基地』からの撤退を余儀なくされる。

なんとしても防がなくてはならない、最重要機密——それが『エントランス』だ。

それが、暴露された。

《セプター4》の捜査によるものなら、まだマシだった。その通路を封鎖し、『秘密基地』へのアクセスがわからないように爆破処理を施せばよいのだから。

だが、内通者がいるのなら、話は別だ。

内通者は継続的に《ｊｕｎｇｌｅ》の情報を外に垂れ流しつづける。いくら隠蔽しようとしても、そいつがいる限りは決して《セプター4》を振り払うことはできないだろう。穴の開いているバケツを満たすため、必死になって水を注ぐようなものだ。まずはバケツの穴を塞がなければならない。

穴をもたらすものを、排除しなければならない。

「それで、討伐ミッションか」

鎮目町のスクランブル交差点、そのガードレールに腰かけながら、スクナはつぶやいた。

吐く息に、白いものが混じりはじめている。気がつかないうちに冬が始まっていたようだ。スクナがｊランカーになったのは秋の中頃あたりだから、いつの間にか、数ヵ月の時間が経っていたということになる。

そんなにも長い時間、ミッションから離れていたという事実が、いまいち飲み込めない。まるで浦島太郎だ。

街頭ビジョンに映る、見慣れぬタレントを眺めつつ、スクナは端末の向こうに尋ねる。

「俺が出張らなくちゃいけないってことは、それなりに強敵なのか？」

『否定です。裏切り者のランクはｇ。排除するだけなら、適当なｕランカーをあてがえば簡単にできるでしょう』

　スクナは拍子抜けし、文句を言った。

「なんだよそれ。じゃあそうすればいいじゃん。記念すべきjランカーとしての初仕事が、そんなショボいのでいいのかよ？」

『ショボくはありません。これは極めて重要な、jランカーにしかできないミッションです』

　流の口調は、あくまでも淡々としている。

『なぜならば、その裏切り者はgという下位ランカーであるにもかかわらず、秘密基地へ通じる入り口を発見したからです。巧妙に隠蔽した通路をどうやって見つけ出したのか、偶然か、あるいは俺の知らない陥穽（かんせい）があるのか、知る必要があります』

　スクナは獰猛な笑みを浮かべ、

「拷問して聞き出せってことか？」

『尋問（じんもん）だ！　子供が物騒な言葉使うんじゃないよ、まったく！』

　響いた声は流とは別、磐舟のものだった。傍で聞いていたらしい。

『それに、そいつがどうやって入り口を見つけ出したのか、その方法をuランカーに聞かせるわけにゃいかんだろ？　秘密基地の場所はjランカーにしか知られちゃいけない。機密を守るためにも、おまえか紫ちゃんが行くしかないんだよ』

「……まあ、そりゃそうだな。オッケー。了解」

　こきこきと首を鳴らす。久しぶりの相手がgランカーとは役不足もいいところだが、ミッションの重要性は理解できた。

「それで、そいつの居場所は？　まさか見つけ出すこともミッションのうちとか言わないよな？」

『五分以内にそちらにエージェントが現れるはずです。接触し、情報を引き出してください』

「エージェント？」

首をかしげる。なぜそんなまどろっこしいことをするのかわからない。今、ここでそいつの情報を渡してくれればいいようなものだが——

「私のことだ」

耳慣れた声が隣から響き、スクナはびくっと身をすくませた。

リクルートスーツの女性が、すぐ隣に佇んでいた。パンプスとストッキングをはき、黒いポーチを小脇に抱え、地味なメガネをかけた姿は昼休みのＯＬそのものだが、煌めく金色の髪だけが浮いている。

「久しいな、ファイブ」

眠たげな目をこちらに向けながら、彼女はあるかなきかの笑みを浮かべた。

「黒子!?　おま、なんで……」

言ってる途中で気がついた。

こいつが流の言うところの、『エージェント』なのだ。確かに、《ｊｕｎｇｌｅ》内でももっとも活発に動いているプレイヤーといえば、真っ先にこいつが思い浮かぶが——

「おまえ、なんか、見るたびに格好が変わってるな……」

「当たり前だ。こんな場所に戦闘服や部屋着で現れる馬鹿がどこにいる」

くいっとメガネを押し上げて冷徹に言うさまは、『有能な社長秘書』という趣で、驚くほど似合っている。

「《緑の王》からどこまで聞いているかは知らんが、標的の概要を説明する」

黒子はポーチから端末を取り出した。

「『裏切り者』は《セプター4》に《ｊｕｎｇｌｅ》の情報を流している。私がそのことを知ったのは、そいつから接触を受けたからだ」

黒子曰く——

彼女は仕事柄、多岐にわたるコネクションを持っている。主に関わるのは『裏』の人間だが、『表』ともつながりがないわけではない。表と裏はまさしく一体なのだ。表に出せない案件を、裏で解決するために、黒子のような職業が存在する。

「もっとも直接のつながりがあるわけではない。表の連中は、裏と直接繋がることを忌避する傾向にある。私が知っているのは、《セプター4》に情報を提供している情報屋だ。『裏切り者』からは、その情報屋に仲介してほしいという連絡を受けた」

「なんでまたおまえに？」

「こう見えて、仕事は手広く受け付けている。名刺もあるぞ」

黒子は大まじめに言い、スクナはなにも言えなくなった。

「私は『裏切り者』に、その情報屋を紹介した。『裏切り者』は情報屋に『エントランス』の位置を教え、かくして《セプター4》は『エントランス』の位置を知ることになった——というわけだ」

　スクナはじっとりと黒子を見つめ、ぽつりと、

「それ、おまえも共犯ってことになるんじゃないの？」

「仲介をしただけだ。私自身、『エントランス』の場所など知りもしない」

「それで、今度はその『裏切り者』の情報を、《緑の王》に売るわけか」

「あるものを売ってなにが悪い？」

　黒子は、悪びれもせずにそう言った。

　スクナが黒子を見る目は、『裏切り者』に向けるものだっただろう。こいつに倫理や忠誠などといったものがまるっきり存在しないことは、身にしみてわかっている。

　もっとも、その在りようこそ、まさしく《ｊｕｎｇｌｅ》的ではあるのだが。

「『裏切り者』の動向は監視している。だが、最近になって不穏な徴候が現れた。住んでいる場所から離れ、鎮目町の裏町付近をうろつくようになった。新たな『エントランス』を探しているのではないか、と推測する」

　スクナは目を細めた。

　それが本当だとするのなら——その『裏切り者』は、流が巧妙に隠した入り口を見つけ出す方法を、知っているということになる。

「捕らえるのなら早いほうがよい。捕獲には私も手伝うというのがミッションに含まれている。

ゆえに、私が其奴の場所まで案内しよう」

「ふん。ま、いいや。それじゃ、行こうぜ――」

スクナはガードレールから身を離し、歩き出した。

そうしながら、黒子に尋ねる。

「でも、せめて顔と名前くらい教えておけよな。それがなきゃ、ばったり出くわしても見逃しちまうぜ」

「それもそうだな。今、写真を送信しよう」

端末に着信がある。黒子からのメール。それを開き、写真を見て。

スクナの心臓が止まった。

「ハンドルネームは『ナイン』。本名は、九絵彦太郎。それが『裏切り者』の名前だ」

◆

「……つまり」

磐舟の表情は苦々しい。その心中と同様に。

「そいつは、昔のスクナの親友だったたってことか?」

「肯定です。九絵彦太郎は五條スクナの友人でした。《ｊｕｎｇｌｅ》をスクナに教えたのも、彼だったという情報を得ています」

流の表情は揺らぎもしない。湖面のように凪いだその表情から、今の内心を推し量ることはできなかった。

王とは、怪物の別称である。

ひとつの都市をまるごと滅ぼすことさえできる、巨大な力。それは人の身に有り余る力だ。飲まれれば破滅をもたらす。

力に飲まれないためには、こちらが力を飲むしかない。神に等しき巨大な力を、惑わず、過たず、制御できるだけの、巨大な器を用意するしかない。

その器はなにもかもを飲み込むであろう。王の力も、人の情も、彼の中にあっては『制御すべきひとつ』でしかない。何物にも流されず、必要なときに必要なことを為す意思力——それこそが、『ドレスデン石盤』が王を選ぶ基準となっているのではないか、と磐舟は考える。

流には、その器が間違いなく備わっている。

「スクナが家を出て以来、二人のあいだにやり取りはありません。おそらくはそのタイミングで、彼らは決別したのでしょう。なにが起きたのかは俺の調査でも判然としませんでした。ただ、時を経ずに、九絵彦太郎の一家は上神町の高級マンションから鎮目町の安アパートへと転居を行っています」

「……流。おまえ」

問いかける磐舟の声は、重苦しく沈んでいた。

「それがわかってて、あえてスクナを送ったのか？」

「肯定です」

王とは怪物の別称だ。

それゆえに、比水流は、紛うことのない怪物として、磐舟の前に存在していた。

育て方を間違えた、とは思わない。

流は、なるべくしてこうなった。《緑の王》として、この世界の秩序を覆そうという野心は、磐舟が教えたものではない。流自身のうちからあふれ出したものだ。

磐舟は軋るような声で言う。

「子供に、友達を討たせようってのか？」

磐舟もまた王である。自身が怪物であるという自覚はある。だからこそやりきれなかった。自分が育てた男が、王であるがゆえに、非情な決断を下そうとしているということが。

流は答える。

「スクナはjランカーです。俺と共に夢を見るものです。ですから、俺はスクナの機能を観なくてはなりません。どういう判断を下し、どういう行動を取るのか、俺は見極めなくてはなりません。――イワさん」

流は磐舟のことを見つめ、はっきりと言った。

「イワさんは、俺の育ての親であり、《ｊｕｎｇｌｅ》の幹部であり、そして、俺の切り札です。しかし、そのようなことに囚われる必要はありません」

「…………」

「俺のやり方が許せないときが来たら、いつでも俺の元を立ち去って構いません。イワさんには、イワさんの自由があるのですから」

磐舟は、枯れた笑みを浮かべ、首を振った。

「……いけねえな。死んだはずの野郎が顔を出しやがった」

そうして磐舟は、どこまでも透明で純粋で、それゆえに冷酷な流の瞳を——王の瞳をのぞき込む。

「鳳聖悟が言いそうなことを言っちまった。あれはもう死んだってのにな。今の俺は磐舟天鶏だ。おまえの行く末を、見守るのが仕事さ」

「はい。見ていてください。俺と一緒に」

ディスプレイのひとつには、黒子と共に歩くスクナの姿が映っている。その強ばった顔つきを、静かに眺めながら、流は言う。

「スクナが、なにを想い、なにを考え、なにを為すのかを」

願わくは、と磐舟は思う。

王の問いかけに、あの少年が出した答えが、彼自身を苦しめないことを。

◆

月のない夜だった。

鎮目町は眠らない街だ。都心有数の繁華街というだけあって、昼間よりむしろ夜のほうが活気づく。雑多な喧噪と輝くような街の灯は、駅前を中心として裏町に至るまで、満ちあふれて消えることがない。

だが、光の届かない場所も存在する。

『そこ』は裏町ではなかった。オフィス街と住宅街のちょうど中間にある、狭い公園。遊具などなにひとつない。猫の額ほどのスペースに、ベンチと水飲み場があるきりの、近隣の住民でさえ見向きもしないような空白地だ。

その公園のトイレの傍に、小さなマンホールがある。

東京都のマンホールには必ずソメイヨシノの印章が刻まれているが、そのマンホールに刻まれているのは花ではなかった。当然のことで、そのマンホールを管理しているのは東京都ではない。刻まれているのは木の印章だ。地に根を生やし、宇宙に枝葉を広げる、世界樹の印章。

《ｊｕｎｇｌｅ》の印章。

鎮目町Ｂ１『エントランス』というのが、そのマンホールの呼び名だった。

幹部しか——いや、ことによれば比水流しか知るものはいないかもしれない。紫もスクナも磐舟もコトサカも、このようなへんぴな場所の入り口は使わない。もう少しアクセスのよい『エントランス』を使用するからだ。ここはあくまでも緊急的な入り口、『念には念を』と作成した抜け穴でしかなかった。

その抜け穴の傍に、人影が佇んでいた。

小さな公園の、寂れたトイレの、脇にあるマンホールに、しゃがみ込み、手を伸ばし、冷たい鉄に触れてなで回す。懐から端末を取り出して、マンホールの中央――大樹の印章にかざすと、端末の着信ランプが緑色に輝いた。

白い息が、長く漏れた。

「ビンゴ」

その声に、人影がびくりと震えた。

声は、彼の背後、公園のオフィス街側入り口に立つ少年が発したものだった。

「――だろ？　よく見つけたよな」

その声は、冷たくも温かくもなかった。ただ乾いていた。

「昔から、そういうの得意だったもんな。他の奴が気づかないところに気づいて、ちゃっかりそれを利用する。人の盲点を突くことが、さ」

語りかけながら、前に進む。街灯の光の輪に足を踏み入れると、その相貌が明らかになった。

マンホールの人影は、その顔を見て、震える声でつぶやいた。

「スクナ」

「彦太郎」

乾いた声で名を呼ばれて、九絵彦太郎は、鞭打（むち）たれたかのように身をすくませた。

スクナはその姿を、凍り付いたように見つめている。

彦太郎が『裏切り者』だと知ったとき、スクナがまず感じたのは、憤りだった。

その多くは、比水流に対するものだ。あれだけ多くの情報量を握る《緑の王》が、スクナと彦太郎の関係を知らないわけがない。知っていて、その上でスクナを宛がったのだ。かつての友人を、排除するように。

だが、その憤りの裏に息づく感情を、スクナは自覚していた。

それは、『恐怖』だ。

彦太郎をこの手で狩らなければならない。かつて多くの討伐ミッションで行ったように、あるいは自らに利用されて最後は始末された数多くのランカーのように。『雷の刃』をその胸に突き立て、アカウントを剝奪し、冬の夜の街に捨て置いていかなければならない。

それをしたら、自分は決定的に変わってしまうだろうという予感があった。

そして、『恐怖』はそれだけではない――

「……久しぶり」

彦太郎は、弱々しく微笑んだ。

スクナは唇を噛みしめ、身を固くした。

もしも――

い、い、い、もしも彦太郎が、命乞いをしてきたら、どうすればいいのだろう？

昔の友人のよしみを通じて慈悲を乞うてきたら？　かつて狩ってきた数多のプレイヤーと同じように、見逃してくれと言われたら？　そのとき、自分はどんな顔をすればいい？　どんなことをすればいい？　そのときの痛みに、果たして自分は耐えられるのだろうか？

それが、それだけが、恐ろしかった。

家から抜け出したときよりも。黒子や紫と対峙したときよりも。《緑の王》に対面したときよりも——

自らの思い出が、決定的に穢されることを、なによりもスクナは恐れた。

彦太郎が立ち上がった。スクナは身構える。

そうして、彼は言った。

「ランク」

場に似つかわしくない、世間話をするような口調で、

「どこまで行った？　俺、こないだgランクに上がったばっかだぜ」

「————」

スクナは何度か瞬きをし、それから、か細い声で、

「j」

と言った。

彦太郎は目を見開いた。一歩だけ前に出る。公園を照らし出す弱々しい街灯の光が、一瞬だけその目に映り、輝かせた。

「マジ？」

「……マジ」

「うおおおっ、マジなんだ！　すっげえ！　jランカーってあれだろ、王様に会えるんだろ⁉

会ったのか？　《緑の王》！」

鼻先を弾かれたかのように、スクナはのけぞった。

なんと答えればいいのかわからなかった。さまざまの感情が胸のうちに渦巻いていた。そこには怒りもあっただろう。苛立ちもあったに違いない。身が削れるような喜びと、身がすくむような恐怖が、同時に存在している。

しかし、『悲しみ』は、どこにもなかった。

と、彦太郎が軽く手を振って、恥ずかしそうに笑った。

「いや、ヘンなこと言ったな。会ったに決まってるよな。だからここに来たんだろ？」

「――――」

「『裏切り者』だもんな、俺。アカウントもさっき凍結されちゃったよ。最後の最後、ここの場所だけ突き止めればいいって思ったけど――甘かったな。こんな早く来るなんてな。しかも、おまえが」

「なんで」

スクナは、突きつけるように言う。

「なんで、こんなこと、したんだよ」

彦太郎の表情が、強ばった。

「おまえ、頭いいんだろ。わかってたはずだろ？　こんなことしたら、いつか、絶対にバレるって。見つけ出されて、裏切り者として排除されるって。おまえなら、絶対にわかってたはずなのに」

そうだ。

予想しなかったはずがない。《緑の王》が巧妙に隠した『エントランス』を、ただひとりで見つけ出すほど聡明な人間が、この結末を考えなかったはずがない。

「それなのに、なんで――」

「金が必要なんだ」

彦太郎は、そう答えた。

その顔に、すでに笑みはない。乾き、すり切れた、少年に似つかわしくない老成した雰囲気だけが滲んでいる。

「九絵の家は、昔は名家だったらしいんだけどさ、だいぶ前の当主がとんでもない奴だったらしくてさ。金と地位を食いつぶして、俺のじいちゃんの代には、どうしようもないくらい貧乏になっちまってたんだ」

淡々と語る彦太郎の姿に、スクナは、ひとりの人物を重ねた。

「じいちゃんは諦めてたらしいけど、俺の親父はそうじゃなかった。なんとか九絵を復興したいって、そればかり考えるようになってた。でも、親父にそんな才能なくてさ。足掻けば足掻くほど、どんどん泥沼にはまってった」

目の前にある事実だけを淡々と語る、彼の姿は。

《緑の王》比水流に、なぜか、似ていた。

「親父は、俺にはその才能があるって思ったみたいだ」

彦太郎の唇を歪めたものは、誰に対する嘲りだったのだろう。自分か、自分の父親か、あるいは、その運命に向けてのものか。

「バカだよな、ほんと。俺、まだ子供だぜ？　たかが十歳かそこらの小学生に、なに期待してんだっつーの。そんな他人任せだから、底の底まで落ちぶれたってのに、あいつ、まだわかってなかったみたいでさ。なんとかして稼いでこいって――はは。どうすりゃそんなことできるんだよ」

「でも、おまえはできた。――できる方法を知ってた」

《ｊｕｎｇｌｅ》ならば、それができる。

それは力持たぬもののための力だからだ。年齢も身分も関係ない。物を観る目と、物を識る頭さえあれば、どこまでものし上がっていける。その意思さえあるのならば。

そんなスクナの指摘に、彦太郎は、

「いや」

弱々しく笑って、首を振った。

「できなかったよ。俺には、やっぱり才能がなかったんだ」

口元に浮かんだ青いあざを、彦太郎は親指で拭う。

「俺はおまえみたいになれなかった。家柄でも、才能でもなくて。俺には――家を捨てることなんてできなかった。あんなんでも、親は親だって、そんなふうに思っちゃったんだな」

もしも、とスクナは思う。

もしも彦太郎が、スクナと同じように家を捨て、持てるすべての才能を《ｊｕｎｇｌｅ》に費やしていたら、どうなっていただろう。身分も資金も信用もない。その才覚だけで、この世界に身を投じていたら、果たして自分と並び立つことができていただろうか。

できていたかもしれない。

できていなかったかもしれない。

どちらかはわからない。だが、可能性は間違いなくあったはずだ。ｊランカーとして、《緑の王》の傍らに立ち、スクナと共に並んでいた未来が。

彦太郎は家族を、つながりを、捨てなかった。

その代わりに、《ｊｕｎｇｌｅ》における可能性を捨てたのだ。

「……ずっと」

ぽつりと、彦太郎がつぶやいた。

「謝りたかったんだ。おまえに。騙してたこと」

スクナの両親に命じられるまま、スクナに接近した。それもおそらく、彦太郎の父の『足掻き』だったのだろう。没落した九絵の人間が、五條に取り入ってのし上がるために、そうしたに違いない。

「最初は命令だったから、いやいやだった。苦労も知らないお坊ちゃんと友達の振りするなんて、めんどくせーなって思ってた」

「…………」

「でも、違った。おまえはおもしろい奴だった。楽しくて、頭が良くて、性格は悪いけど、一緒にいるとワクワクするような奴だった」

俺も。

「心の底からすごいって——友達になりたいって思えたのは、おまえが初めてだった」

俺もだ。

「だから、辛くなった。おまえは俺のこと、信じてくれてたのに、俺はおまえを騙してた。猫の面倒も見てくれるって言ってたのに。俺はなんにも返せない。できるのは、一緒に《ｊｕｎｇｌｅ》で遊ぶことだけだったけどさ、そのときだけは、本当に生きているって気がした。——覚えてるか？　あのときの、緊急ミッション」

当たり前だ！

忘れるわけがない。片時も、あのときの輝きが消えたことはない。それゆえにスクナは苦しんできた。一度その輝きを目にしたゆえに、他のなにもかもが色あせて見えたがゆえに。

「楽しかったよな。二人でいろんな場所、写真に撮ってさ」

「……駄菓子、食べたよな」

「そうそう！　おまえ駄菓子食べたことないっつーからさ！」

「ひどい、味だったぜ？　あの、グミだかなんだかわかんないような」

「ばーか、それがいいんだろ！　これだからお坊ちゃんはダメなんだよな！」

彦太郎はけたけた笑う。スクナも頰を緩ませる。あの夏の日と同じように、冬の夜の公園で、二人の少年は束の間の思い出に浸った。

やがて、ひとしきり笑ったあと――

彦太郎は、自分の前に端末を放り捨てた。

「――ああ。楽しかったな。でも、ここまでだ」

終わりを告げるかのような口調に、スクナはぎゅっと長杖を握りしめ、そして、住宅街側の出口を見た。

塀に寄りかかるように、黒子が立っている。

スクナが彦太郎を見逃したときは、黒子が始末をつける手筈になっているのだ。

スクナは『雷の刃』をアクティベートした。

「……俺も」

死神の鎌を振りかざしながら、スクナはかすれた声で言う。

「謝らなくちゃって、思ってたんだ。おまえに」

「なにを？」

「野良猫のナイン。俺の母親が、勝手に処分しちまった。そのこと、ずっと悪いって――おまえが、可愛がってたのに、死なせちまったから、だから――」

「ああ」

彦太郎はなんでもないことのように手を振り、

「いいんだ。別に。だって、死んでないんだから」

「え？」

「どうしてもってお願いして、うちで引き取らせてもらったんだ。野良猫のナインだけじゃないぜ。おまえの母親が買ってきて、すぐに捨てた白猫も一緒だ」

「――――」

「名前は、『ファイブ』にした。血統書つきだから、ぴったりだろ？」

冗談めかした彦太郎の言葉に、スクナは拳をぎゅっと握りしめた。

自分のせいで、あの野良猫を死なせてしまったと思っていた。自分がいらないと言ったせいで、あの白猫は処分されたと思っていた。自分のせいでそうなったと、心のどこか片隅で、自責の念を抱えていた。

その二匹は、けれど、彦太郎によって救われていたのだ。

「……なんで、そんなこと」

「だってさ」

彦太郎は、どこか寂しそうに笑う。

「大人の都合だけで、なにもかも決められて、捨てられるだけなんて、あんまりにも救いがなさすぎるだろ」

その一言で――

スクナの心は決まった。

長杖の手に力を込める。彦太郎が、恐怖に負けるかのように目を閉じた。スクナは息を止め、心を殺し、その鎌を、振り下ろした。

終幕——緑の夢

「……本当に大丈夫なのか？」

リュックを背負いながら、スクナは難しい顔でつぶやいた。

目の前には、バンタイプの自動車がある。後部のハッチが大きく開き、専用のリフトによって車椅子を収納する機能がついた、いわゆる福祉用車両だ。リフトの上に音もなく移動する流を見ての、スクナの感想であった。

「なんの話だ？」

不思議そうな顔で尋ねたのは、隣に佇む磐舟だ。彼もまたスクナと同じように、背に荷物を負っているが、カソックにリュックというのが恐ろしく似合っていない。

スクナはぶちぶちと懸念を口にする。

「高速、乗るんだろ？　料金所とかオービスとか、危ないところがいろいろあるじゃんか。ただでさえ、俺たち指名手配されてるんだし」

「予定ルートに配備されている監視カメラには、すでに工作を行っています。俺たちの姿が映像記録として残る可能性は皆無です」

リフトアップされながら、流は平然と答えた。

「でもさ――」

なおも言い立てようとしたスクナの頭を、ぽん、と叩く手があった。

「子供がそんなに心配するものじゃないの」

紫はキャリーバッグを地面に転がしている。日帰りの旅行に、なにをそんなに用意するものがあるのだと言いたくなるが、「美しさを保つには、準備するものが多いのよ」とのことだ。どうでもいい。

「そうだぜ、スクナ。せっかく流と一緒に外に出るんだ。気兼ねせず、旅行を楽しめよ」

「楽しめっつったってさ――」

おっさんたち、楽しくなさそうじゃん。

そう言おうとして、やめた。

なにか、そこには、触れてはいけないような気がしたからだ。

飄々（ひょうひょう）とした磐舟の笑みに、いつもは見せない陰が含まれている。流がなにかを考え込むのはいつものことだが、今日はそれが一段と深い。彼の肩に止まるコトサカは、まるで眠っているかのように静かだが、ときどき流の頬に頭をこすりつけている。

それが見えるくらいには、スクナは彼らのことを『観る』ことができるようになっていた。

「さて、それじゃ、行きましょうか」

バンの運転席に乗り込んで、紫がエンジンを掛けた。『秘密基地』の暗闇に、耳慣れない排気音が響き渡る。磐舟は助手席に、スクナは後部座席に。座席に腰かけると、車内に座る流と目が合った。

「ええ。行きましょう」

いつもと変わらぬ、淡々とした口調。

それでも、やはりどこかが、決定的に違っているような気がした。

「季節外れの、墓参りです」


そこには、かつて市街が存在していた。百万単位の住民が暮らしていた。数多くの住居、数多くの職場、数多くの家庭が、この日本という国の、どこに行っても当たり前にあるような日常を送っていたのだ。

今、その場所は、名称通りの『クレーター』と化している。

都市があった場所は海中に没し、水没を免れた辺縁部も、衝撃によって廃墟と化し、すでに人の住める場所ではなくなっていた。かろうじて命を拾った人々は、悪夢の記憶に追われるようにこの場所を離れていった。

死者数七十万、被災者はその数倍に及ぶ、人類史上最大最悪の災禍は、一般には『南関東クレーター事件』と呼ばれている。

公式発表によれば、中心部で開発中であった新エネルギー実験の暴走事故が引き起こしたものだとされている。だが、それを信じないものも多く、原因については諸説が飛び交っている。隕石落下説や核攻撃説、さらには宇宙人や古代文明による攻撃説など、眉唾のものも数多くある。

その真実を、スクナはすでに知っていた。

先代の《赤の王》。迦具都玄示による、『ダモクレスダウン』。

ひとりの王の暴走によって引き裂かれた、それは、生々しい傷跡だった。

今、その場所に人影は存在しない。クレーター辺縁部、衝撃波によって死と破壊が巻き起こった場所は、すでに瓦礫(がれき)も廃墟も国の手によって撤去されている。かつては再開発の話も持ち上がったらしいが、『新エネルギー実験の暴走』という不透明な公式発表は、聞くものに忌避の感情を引き起こした。見も知らぬエネルギーが暴走した場所に、どのような悪影響があるかわかったものではないからだ。

今、スクナの目の前に広がるのは、どこまでも続くだだっ広い更地だ。その中心に、墓標のように慰霊碑が建てられている。

それらの光景は、広大な湾によって、途中から切り取られている。

スクナは湾の縁(ふち)に立ち、その下を見下ろした。

崖の下に広がる冬の海は、静かに凪いで、波音を立てている。

その下に沈む七十万の死を、覆い隠すかのように。

スクナは自らの身体を抱きしめるようにしながら、つぶやく。

「……さむ」

「まったくもう。だから言ったじゃない。そんな薄着だと風邪引くわよって」

小言めいたことを言いながら、紫は自分のキャリーバッグを開け、中から取り出したハーフコートをスクナの頭にかぶせた。スクナはもぞもぞとそれを着ながら、隣にいる流のことを盗み見る。

いつも通りの透明な表情で、流は遠くまで広がる湾を見晴るかしていた。

「流は」

ぽつりと、スクナの口から声が漏れた。

「ここで、王様になったのか」

「肯定です」

遠くを見据えたまま、流は答える。

「俺は、この場所で《緑の王》に選ばれました。『ダモクレスダウン』の衝撃によって吹き飛ばされ、瓦礫が俺の心臓を貫いた、その瞬間のことです」

「――――」

比水流は、一度死に、王の力によって自らの死を『改変』している。

流も磐舟もコトサカも、迦具都事件の被災者であった。事件は彼らからあらゆるものを奪い去ったが、与えたものもあったのだろう。それが、《緑の王》という存在だ。

彼らがそれを望んでいたかどうかは、別の話だ。

「もっとも、死んだのは俺だけではありません。そのとき近くにいた俺の友人も、遠くにいた俺の家族も、みんな死にました。俺のように蘇ることはありませんでした」

いつもと同じ平坦な口調が、このときはなぜか、耐えきれないほどの悲哀を含んでいるように思えた。

「悲しくなかったのか？　知り合いが、みんな死んじゃって」

残酷なことを聞いているという自覚はあった。それでもなお、聞かずにはいられなかった。比水流という存在が——王としてではない、人間としての感情を持っているのかどうか、それを知っておきたかった。

流は首をねじ曲げ、はじめてスクナのことを見た。

「悲しかったです」

純粋な、それこそ子供のような瞳に、スクナは吸い込まれそうな気持ちを味わう。

「ですが、それ以上に、疑問のほうが強かったように思います」

「疑問って——どんな？」

「なぜ、俺だけが生き延びたのか。なぜ他のみんなが死ななければならなかったのか。あの事件の生き残りである俺が、なぜ《緑の王》に選ばれたのか。そのことを、ずうっと疑問に思っていました」

すべてを失った子供が、『なぜ失ったのか』を考えた。強大な力を得て、『なぜ得たのか』を考えたのだ。答えは、死者と遺物のみが知っている。

彼らがその問いに答えることは永久にないだろう。

だが、それでも、流は考えつづけたのだ。

なぜ奪われたのか。なぜ与えられたのか。

「答えは、出たの？」

スクナの問いもまた、子供のようであった。

「はい。イワさんから話を聞いて、自らの目であらゆるものを見て——ようやく、結論を得ました」

その視線が、再び海へと向けられる。

「彼らの死は、俺を生み出すためのものだったのです。今の世界を打ち壊し、新しい世界へと『改変』するために」

水平線の向こう、彼方の世界を見つめながら、流は語る。

「今の世界は、《黄金の王》國常路大覚によって形作られたものです。彼が石盤を制御し、その力を抑制しているがために、今の形になっている。けれど、それは本当の形ではない。あの石盤が覚醒したとき、人は次の段階に進むべきであったのです」

淡々としていながら、その声は、不可思議な熱を帯びているかのようだ。

「それを封じたがために、このような惨劇が起きたのだと、俺は考えました。でなければこのようなことが起きていいはずがありません」

磐舟も、紫も、コトサカも、いつの間にか流を囲み、その声に聞き入っていた。そうするだけの熱が、その声には込められていた。

「なぜなら、王もまた人であるからです。人の命は等価であるからです。王だけが生き、人だけが死ぬ世界などあってはならない。そのような世界は滅びるべきです。そうして新たな世界の土壊となるべきです。彼らがそうなったように」

流はスクナに語っているわけではないのだろう。磐舟でも紫でもコトサカでもない。彼の視線は、深い海の底へと向けられていた。ただひとりの王の暴走によって散った、七十万という命に向かって、流は語りかけているのだ。

「俺は彼らと共に死に、彼らの声を代弁するために蘇ったのです。この世界の過ちをただすために。在るべき可能性を、在るべきままにするために」

だから、と流は言う。

「俺はここを訪れるのです。ここは俺が死んだ場所であり、同時に、生まれた場所でもあるのだから」

スクナは、なにも言えなかった。

彼は《ｊｕｎｇｌｅ》に、目的があって参加したわけではない。あの家からいなくなりたいという、その一心だけがスクナの原動力だった。どこかに行きたいわけでもなく、なにかをしたいわけでもなかった。

そんなスクナが、生と死をくぐり抜けて、世界の『改変』を望む王の前で、なにかを口にできるはずがなかった。

つま先を見つめて黙り込むスクナに、流は、海を見つめながら問いかける。

「スクナ。俺からも聞きたいことがあります」

スクナはのろのろと顔を上げる。

「……なんだよ？」

「あのとき、なぜ『ナイン』を始末しなかったのですか？」

スクナの脳裏に、フラッシュバックのように光景が蘇る。

夜の公園。大樹の印章が記されたマンホール。その隣に佇む、小柄な人影。

語りかける声を、弱々しい微笑みを、諦めきった眼差しを、生涯忘れることはないだろう。

スクナが繰る『雷の刃』は、ナイン――九絵彦太郎の前髪を灼いて、彼の前に転がる端末を貫いた。

呆然とする彦太郎に、一瞥（いちべつ）だけを向けると、スクナはすぐに後ろを振り返った。臨戦態勢に移った黒子を無視して、彼はその直上――公園の木に止まったコトサカを見上げた。

「今後、もしも彦太郎から、『エントランス』の情報が漏れたときは、俺のアカウントを剝奪しろ」

スクナは、それだけを言った。

流はなにも答えなかった。

スクナも答えを求めなかった。彼は、立ち尽くす黒子と、捨てられたかのような彦太郎を置いて、そのまま帰路についた。『秘密基地』に戻ったあともなにも言わず――そして、流も磐舟も紫も、そのことには一切触れなかった。

流が、彦太郎について触れたのは、今が初めてだ。

なぜ、自分があしたのか、ぐるぐると考えたことはある。

だが、やはり答えは出なかった。そうするのが一番正しいように思えたからだとしか言えなかった。もしも『秘密基地』に戻った直後に、流や磐舟から詰め寄られていれば、スクナはそう答えただろう。スクナ自身にも、その理由はわからないのだと。

　今はわかる。

　なぜ自分があしたのか、それを、スクナはぽつぽつと語りはじめた。

「彦太郎は——」

　初めての親友。スクナを《ｊｕｎｇｌｅ》に誘い、新たな世界を見せ、そのあとでスクナのことを裏切った、尊敬すべき友人。

「俺みたいに、ｊランカーになれる能力がある奴だった。その気になれば、《ｊｕｎｇｌｅ》を駆け上がって、ここに来ることだってできたはずだ」

　だが、そうはならなかった。

　彦太郎は、家族を養う小金のために、情報を売り、《ｊｕｎｇｌｅ》を裏切り、排除される道を選んだ。

　可能性を、自ら捨てたのだ。

「能力があったのに、それができなかった。どうしてなんだろうって、ずっと考えていた」

　流は、あらゆる情報を握る《緑の王》は、それがなぜなのか、知っているのだろうか。

　どちらでもよかった。知っていても、知らなくても、どちらでもよい。それを聞いたところでスクナの答えは変わらない。

　彼の答えは、彼にしかないから。

「彦太郎の王は、彦太郎じゃなかったからだ」

流は、一度だけ瞬きをした。

スクナの唇から、言葉が溢れ出す。

「父親なのか、家族なのか、周りの状況なのか、それはわからない。でも、少なくともあいつ自身じゃなかった。あいつを支配してるのは、他の『何か』だったんだ」

スクナが、そうであったように。

スクナを支配していたのは彼の母親だった。なにもかもを管理され、なにもかもを監視された。それに抗う一方で、それに諦めてしまったところもあった。仕方がない。自分は子供なのだから。彼らに支配されなければ生きていけないのだから。だから、仕方がないのだ——。

思う。

そんな世界は、クソ食らえだ。

「他の誰かに支配されて、自分の可能性を捨てなくちゃいけない人生なんて、冗談じゃない。相手が誰だろうが関係ない。親でも世界でも、《青の王》でも《黄金の王》でも——人の、可能性を、奪って許されることなんて、あっちゃならない」

おそらくは、それが、スクナの『答え』だ。

居場所もなく、目的もなく、ただ逃げつづけてきたスクナが、ようやく自らの身のうちに見つけ出したもの。

「誰だって、自分の王は、自分だけだ」

誰もが自分の王でいられる世界。

人と王ではなく、王と王として、それぞれが対等に渡り合うことのできる世界。

そこでは、スクナも流も彦太郎も、誰もが対等のプレイヤーだ。自らの可能性を、自らの能力が許す限り広げていくことができるのだろう。利用することもあり、裏切ることもあるのだろう。だが、それらはすべて、個々のプレイヤーの意思によるものだ。決して、誰かに命じられて行うものでは、なくなるのだ。

地球規模の《ｊｕｎｇｌｅ》。可能性の華が咲き乱れる、途方もない密林だ。

「おまえの作るのが、そういう世界だっていうのなら、俺はおまえにすべてを賭けるよ、流。俺が持ってるものなんて、命くらいしかないけれど」

スクナは流のことを見つめる。流もまた、スクナを見返していた。かつて、共に見てほしいと願った夢を、二人は互いの瞳の中に見つけ出していた。

「それまで、俺はずっとソロプレイヤーだ。他のすべての人間が、俺たちと対等のプレイヤーになれるまでは。流が言いたいのって、つまり、そういうことだろ」

「肯定です」

ぎしり、と拘束服が軋んだ。流が身じろぎをしたのだ。そのことに気づき、流は視線を自らの身体に落とした。

「俺の身体が自由ならば、きみに手を差し伸べているところなのですが」

「いいよ」

そう言って、スクナは流に近づき、その拳を流の胸に当てた。

「おまえの手足は俺たちなんだから」

紫と磐舟が、顔を合わせて笑う。コトサカは満足げな鳴き声をあげている。

「おまえの心臓が、緑に輝きつづける限り、俺はおまえの夢のために生きる。それは俺の夢でもあるからだ。だから、流、俺に見せてくれよ——おまえが作る、最ッ高におもしろい世界(ゲーム)を」

流は深く頷き、答えた。

「はい。約束です」

スクナはにやりと笑い、自らも小さく頷いて——

ふと、気になることがあった。

「でも、俺の王様って、流なんだよな」

「はい。その通りです」

「俺が王になったら、俺とおまえは、どういう関係になるのかな——？」

流は首をかしげる。そういえば、という表情。

わずかの熟考のあとに、流はぽつりと、こう答えた。

「それは、きっと、『友達』ではないでしょうか」

こうして——
五條スクナには、二人目の友達ができた。

この作品は書き下ろしです。

著者紹介

鈴木 鈴（GoRA）

作家。第8回電撃ゲーム小説大賞にてデビュー。著書に『異世界管理人・久藤幸太郎』など。『誓約のフロントライン』の原作を務める。TVアニメ『K』の原作・脚本を手がけた7人からなる原作者集団GoRAのメンバーの一人。

Illustration

鈴木信吾（GoHands）

アニメーション制作会社GoHands所属。数々のアニメーションの制作に携わり、劇場作品『マルドゥック・スクランブル』シリーズ三部作、『Genius Party「上海大竜」』、TVシリーズ『プリンセスラバー!』でキャラクターデザイン、総作画監督をつとめる。2012年、ＴＶアニメ『Ｋ』の監督、キャラクターデザインを手がけた。

講談社BOX

KODANSHA BOX

K SIDE:GREEN

定価はケースに表示してあります

2016年10月31日 第1刷発行

著者 ── 鈴木 鈴（GoRA）

発行者 ─ 鈴木　哲

発行所 ─ 株式会社講談社
東京都文京区音羽2-12-21　郵便番号 112-8001
編集 03-5395-3506
販売 03-5395-5817
業務 03-5395-3615

印刷所 ─ 凸版印刷株式会社

製本所 ─ 株式会社国宝社

製函所 ─ 株式会社岡山紙器所

ISBN978-4-06-283895-5　N.D.C.913　322p　19cm

GoRA×GoHandsの
完全タッグによって明かされる。
K
Kシリーズ好評既刊
『K SIDE:BLUE』 古橋秀之 (GoRA)
『K SIDE:RED』 来楽 零 (GoRA)
『K SIDE:Black & White』 宮沢龍生 (GoRA)
『K - Lost Small World - 』 壁井ユカコ (GoRA)